目次

第三十三回 爸爸……003
第三十四回 渾沌帝江……043
第三十五回 軒轅黃帝……073
第三十六回 夏云和布布……113
第三十七回 貓咪斬破黑暗！……147
第三十八回 猞猁布布……191
貓劍客插畫圖錄……205

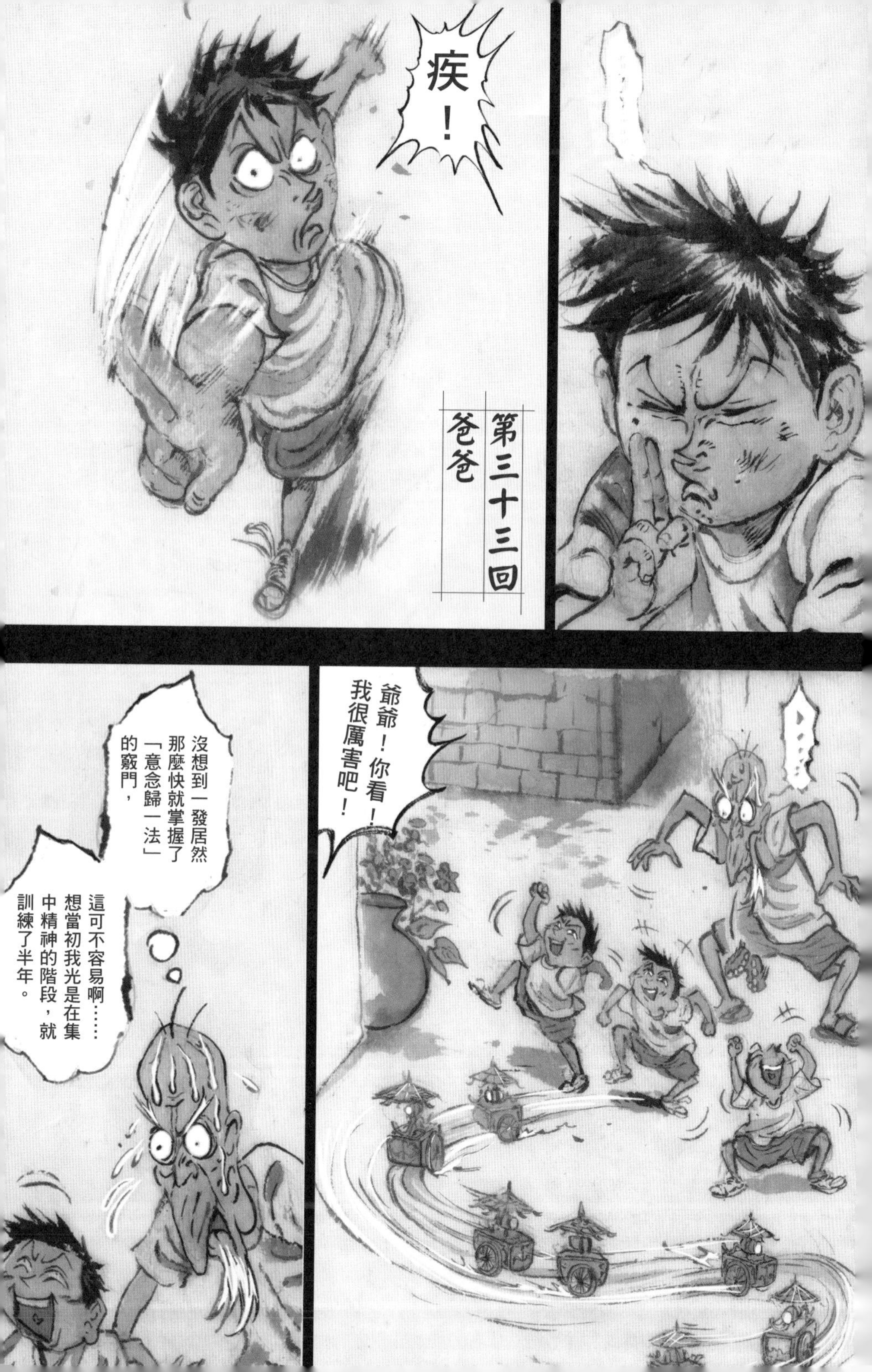

……
疾！
第三十三回
爸爸
……！
爺爺！你看！我很厲害吧！
沒想到一發居然那麼快就掌握了「意念歸一法」的竅門，
這可不容易啊……想當初我光是在集中精神的階段，就訓練了半年。

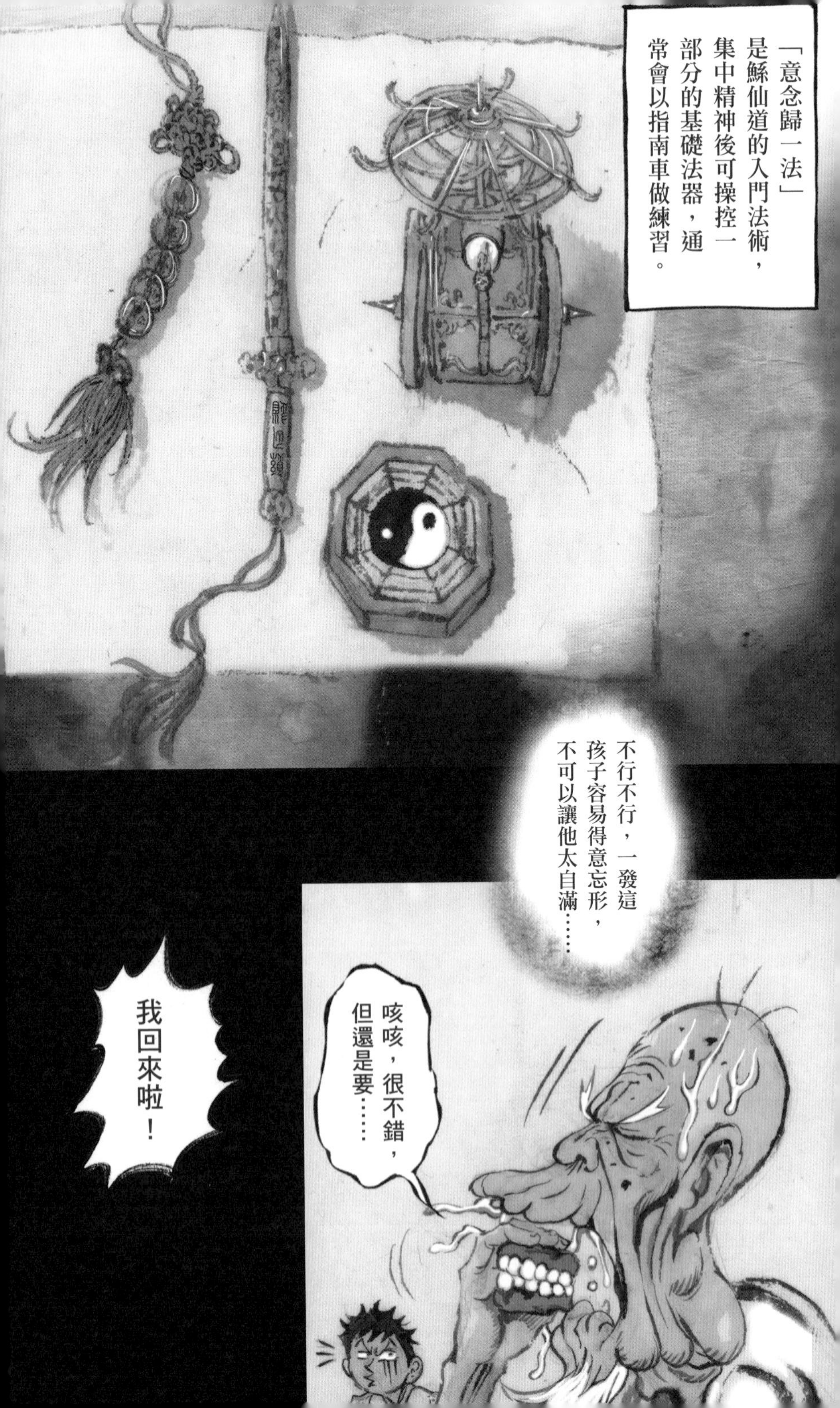
「意念歸一法」是穌仙道的入門法術，集中精神後可操控一部分的基礎法器，通常會以指南車做練習。
不行不行，一發這孩子容易得意忘形，不可以讓他太自滿……
咳咳，很不錯，但還是要……
我回來啦！

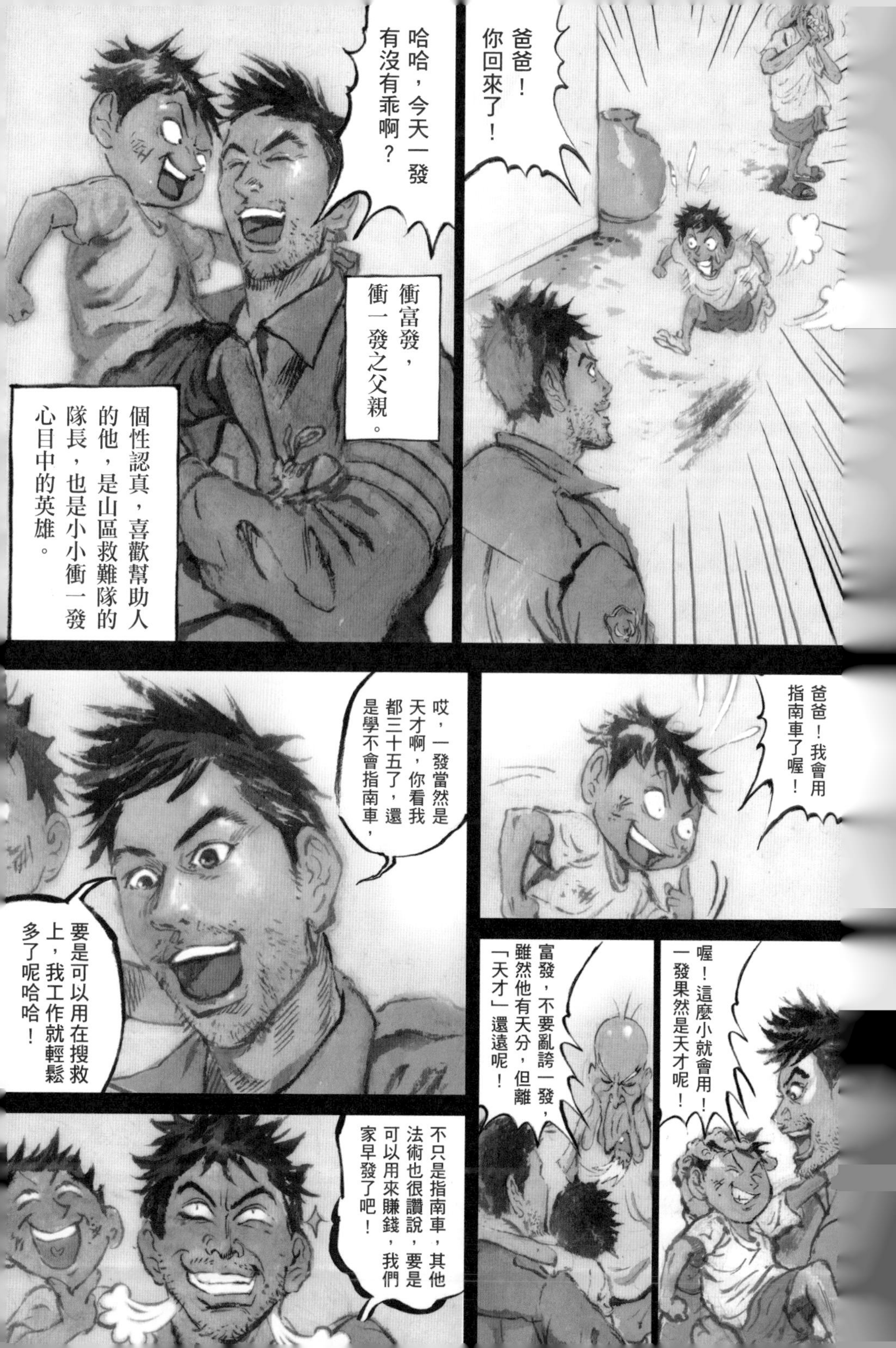
爸爸！你回來了！
哈哈，今天一發有沒有乖啊？
衝富發，衝一發之父親。
個性認真，喜歡幫助人的他，是山區救難隊的隊長，也是小小衝一發心目中的英雄。
爸爸！我會用指南車了喔！
哎，一發當然是天才啊，你看我都三十五了，還是學不會指南車，
要是可以用在搜救上，我工作就輕鬆多了呢哈哈！
喔！這麼小就會用！一發果然是天才呢！
富發，不要亂誇一發，雖然他有天分，但離「天才」還遠呢！
不只是指南車，其他法術也很讚說，要是可以用來賺錢，我們家早發了吧！

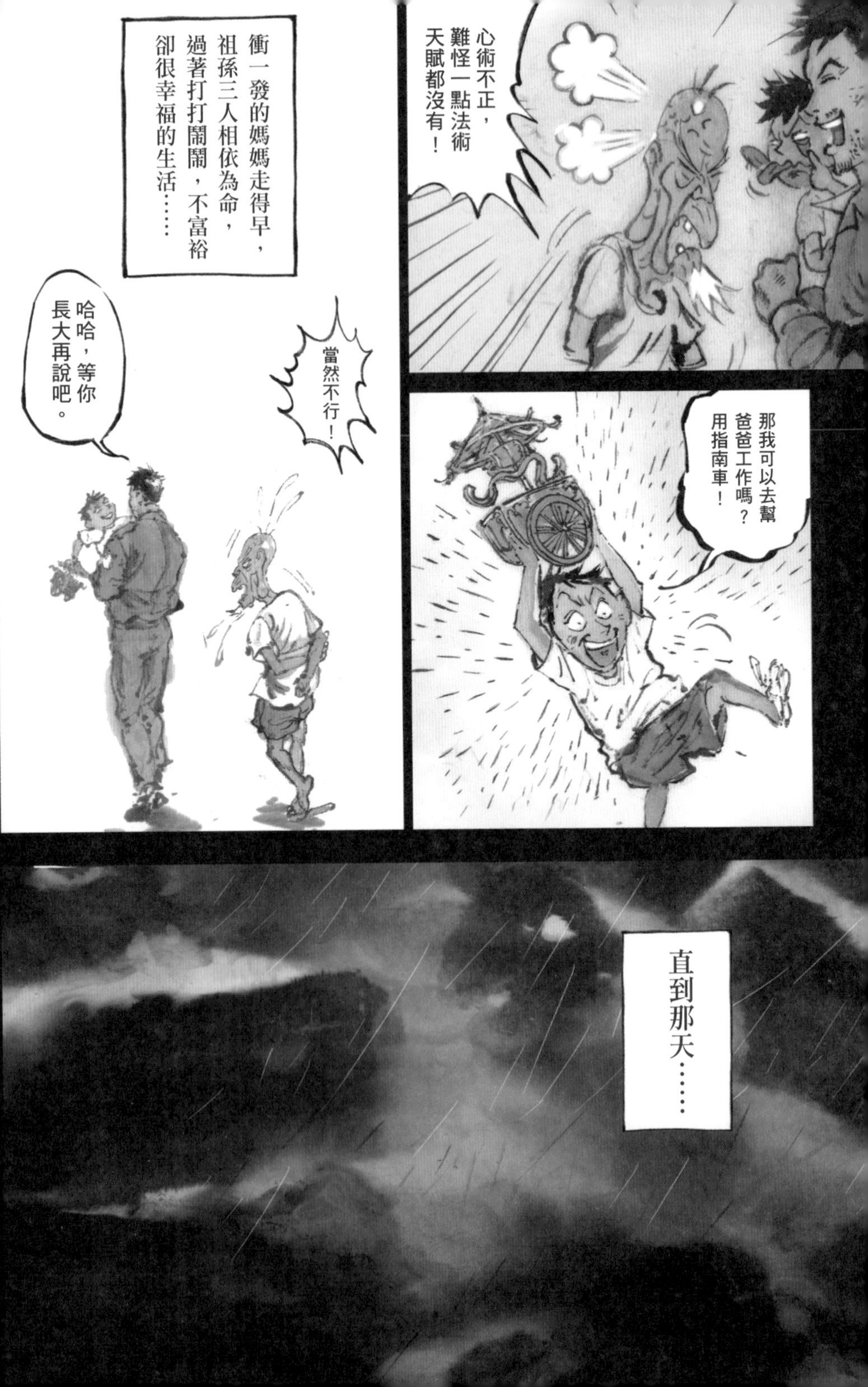
心術不正，難怪一點法術天賦都沒有！
那我可以去幫爸爸工作嗎？用指南車！
衝一發的媽媽走得早，祖孫三人相依為命，過著打打鬧鬧，不富裕卻很幸福的生活……
當然不行！
哈哈，等你長大再說吧。
直到那天……

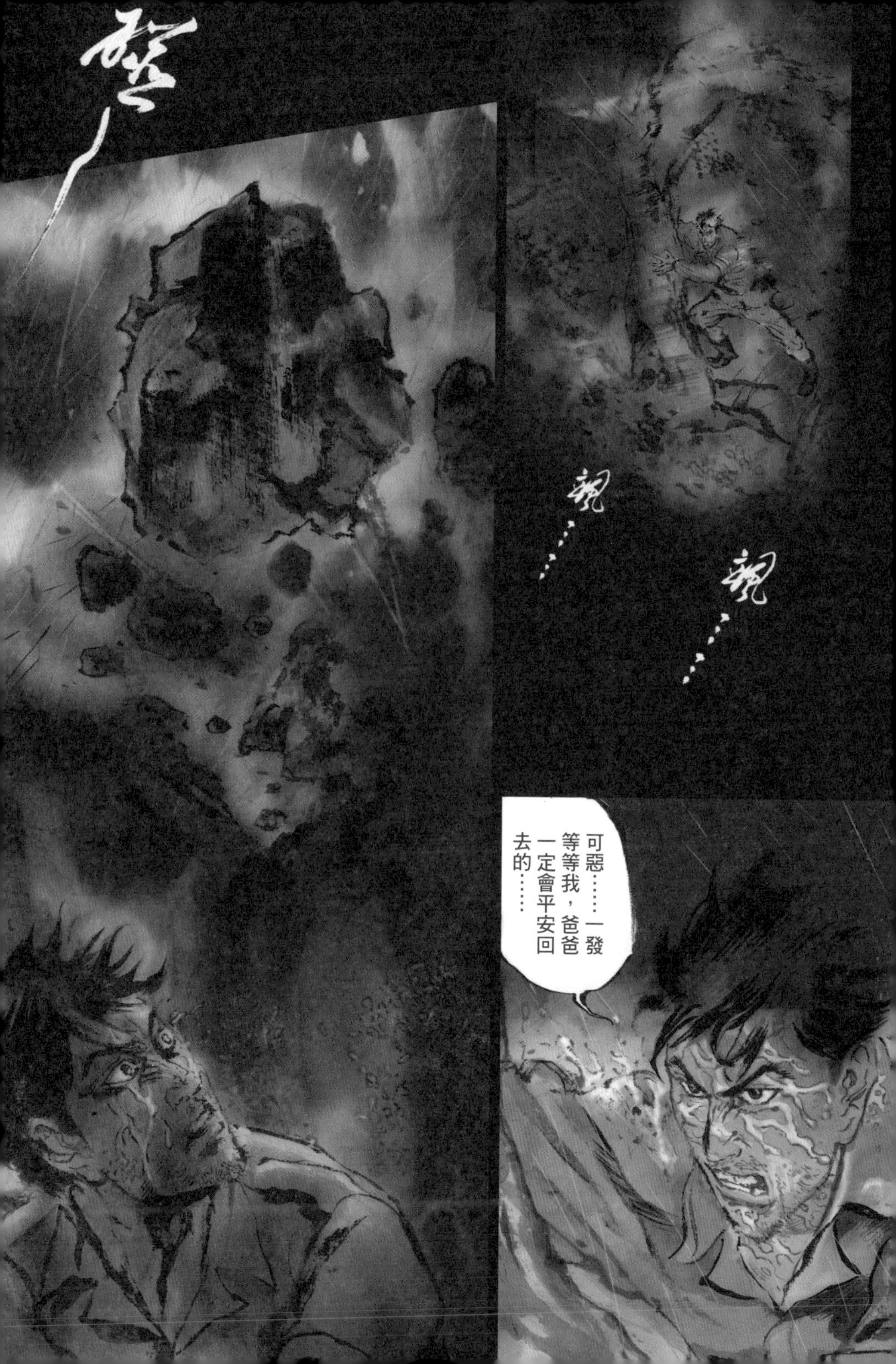
可惡……一發等等我，爸爸一定會平安回去的……

飄
飄

爸爸他不會有事吧……
放心吧，富發只是去待命，這種天氣不會有人上山的。
一發啊，如果你很擔心富發，不妨試著向神祈禱吧。
不需要特定哪個神，只要真心誠意的祈求就好。
向神祈禱？

我們穌仙道所說的神，其實指的是一種存在於天地萬物、世界法則中的無形力量。
這樣的力量並沒有一定的形象，有時會被人們稱為「神靈」。
人們所立的神像，其實只是一種試圖更加親近這種力量的法門。
人類善良的祈禱與純淨的意念，有時甚至可以引導這股冥冥中的力量，創造奇蹟……
爺爺……我聽不太懂耶。
這和我用意念操控指南車是一樣的意思嗎？
呵，不懂是當然的，這是穌仙道的最高境界，爺爺也沒達到過。
總之，你就對神祈禱吧，只要你真心期盼，並願意付出，這個世界一定會給你善意的回應的。

神啊……請保佑
爸爸平安無事……

砰砰砰…
砰砰…
嗯？
爺爺，我聽到敲門聲！是爸爸回來了！
怎麼會在這種時候回來？不是應該待命到明早嗎？

爸爸！你……

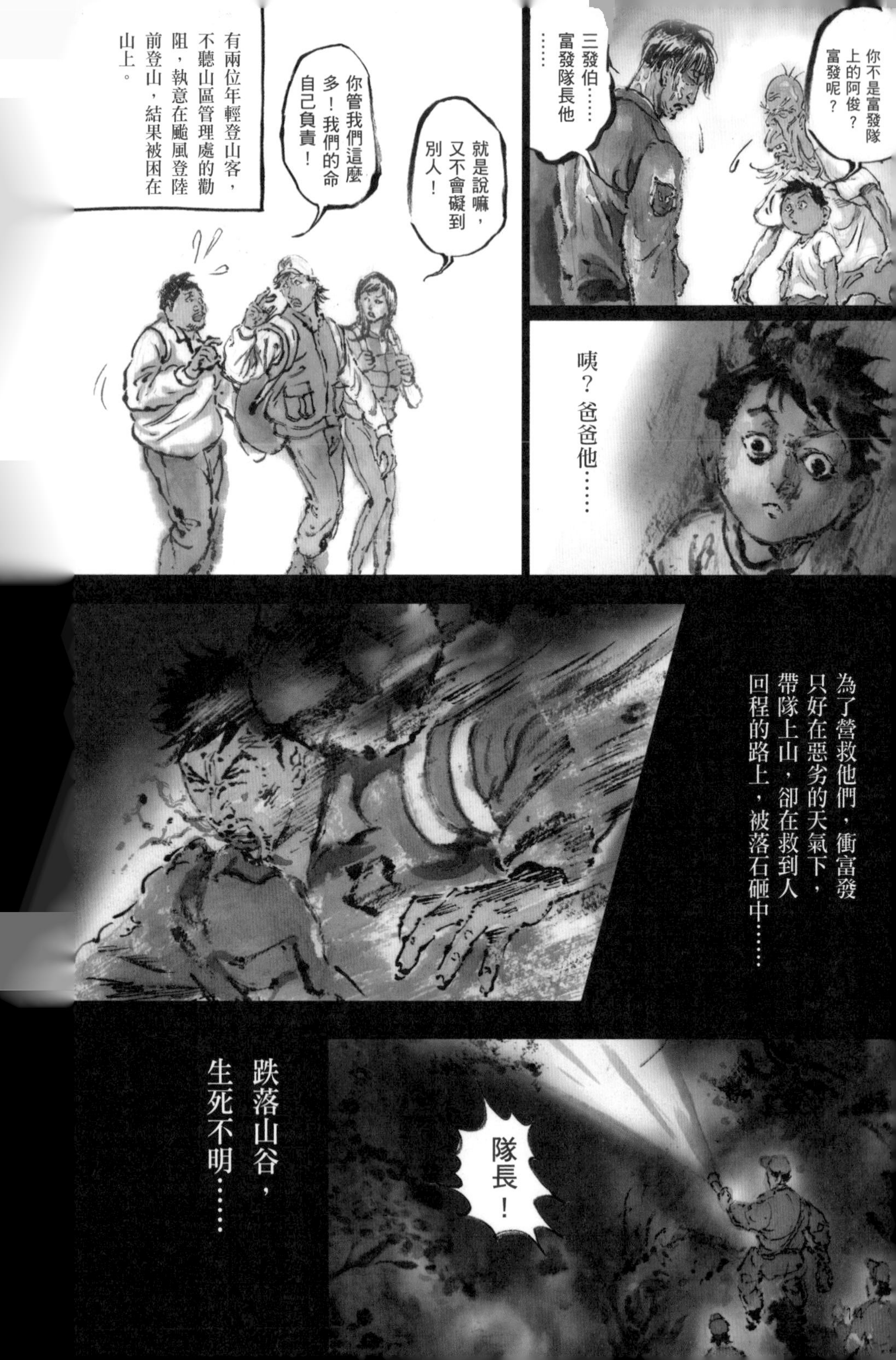
你不是富發隊上的阿俊？富發呢？
三發伯……富發隊長他……
咦？爸爸他……
有兩位年輕登山客，不聽山區管理處的勸阻，執意在颱風登陸前登山，結果被困在山上。
你管我們這麼多！我們的命自己負責！
就是說嘛，又不會礙到別人！
為了營救他們，衝富發只好在惡劣的天氣下，帶隊上山，卻在救到人回程的路上，被落石砸中……
跌落山谷，生死不明……
隊長！

什麼時候的事？
人還沒找到嗎？
大概三小時前……
現在其他弟兄還在冒雨搜救，我送那兩位登山客就醫，
所以先下山，想說先來通知你，要有心理準……
一發！
一發！

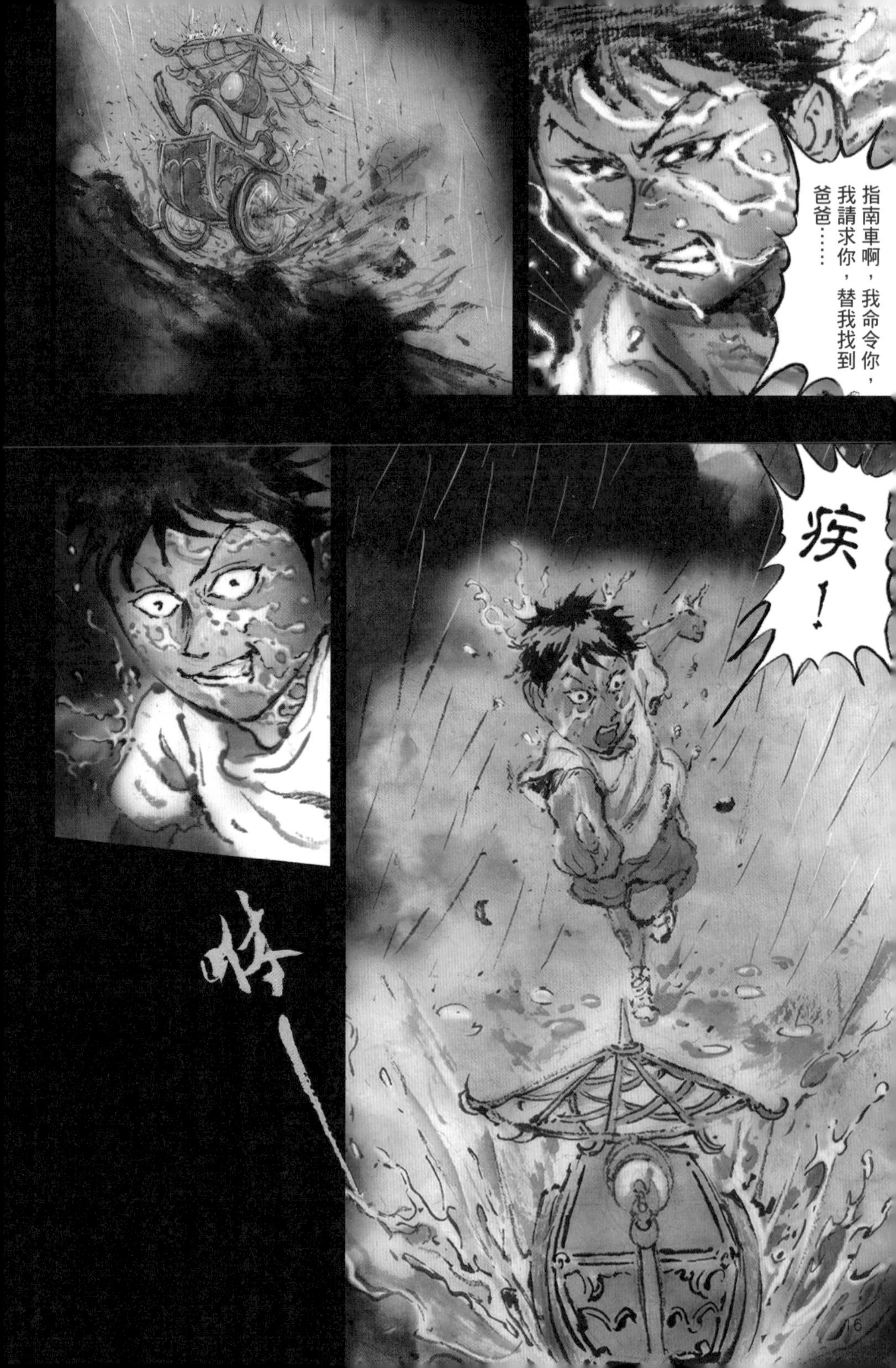
指南車啊，我命令你，我請求你，替我找到爸爸……
疾！
咻

為什麼停下來……動啊！
疾！疾！給我動啊！

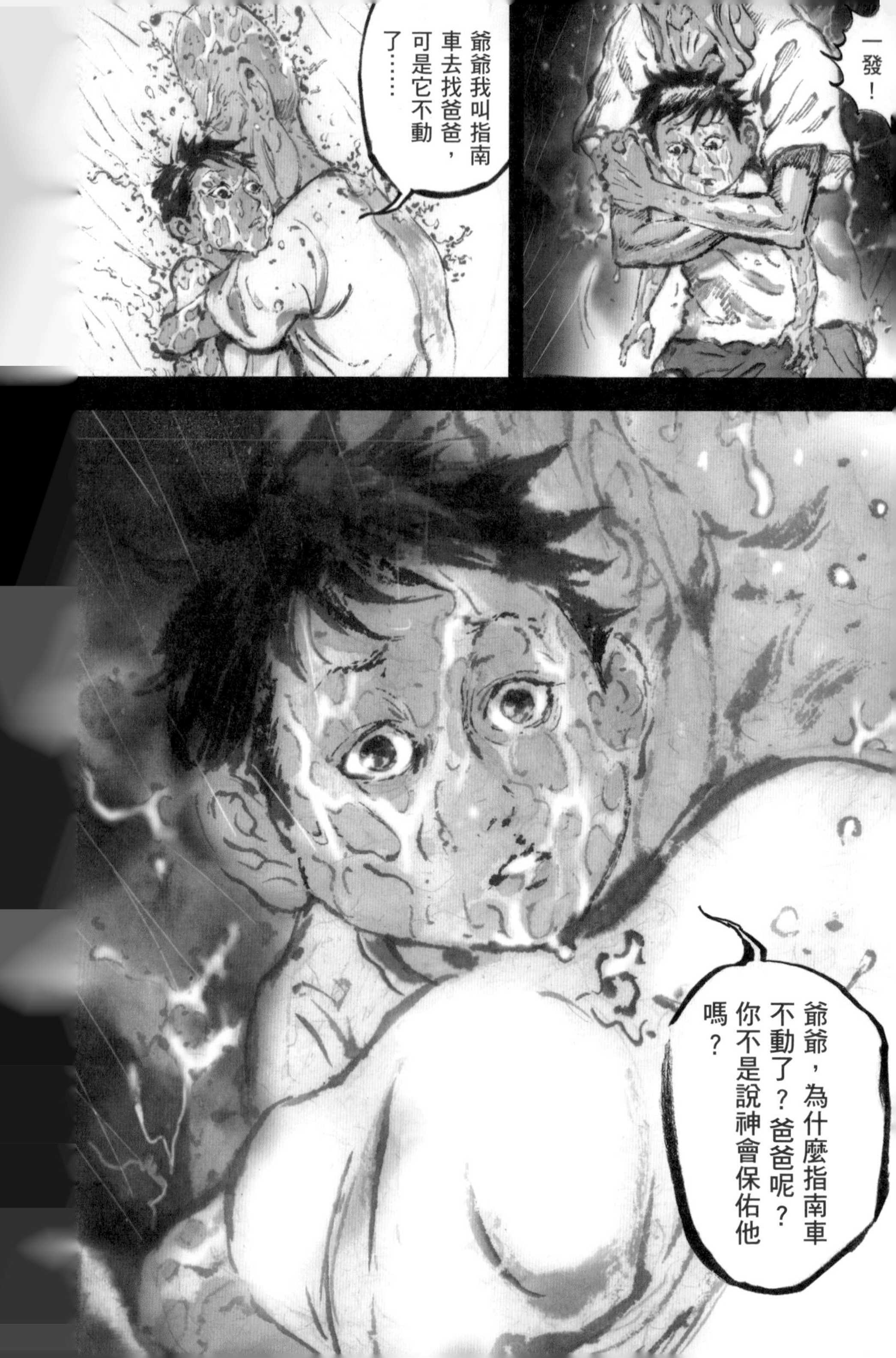
一發！
爺爺我叫指南車去找爸爸，可是它不動了……
爺爺，為什麼指南車不動了？爸爸呢？你不是說神會保佑他嗎？

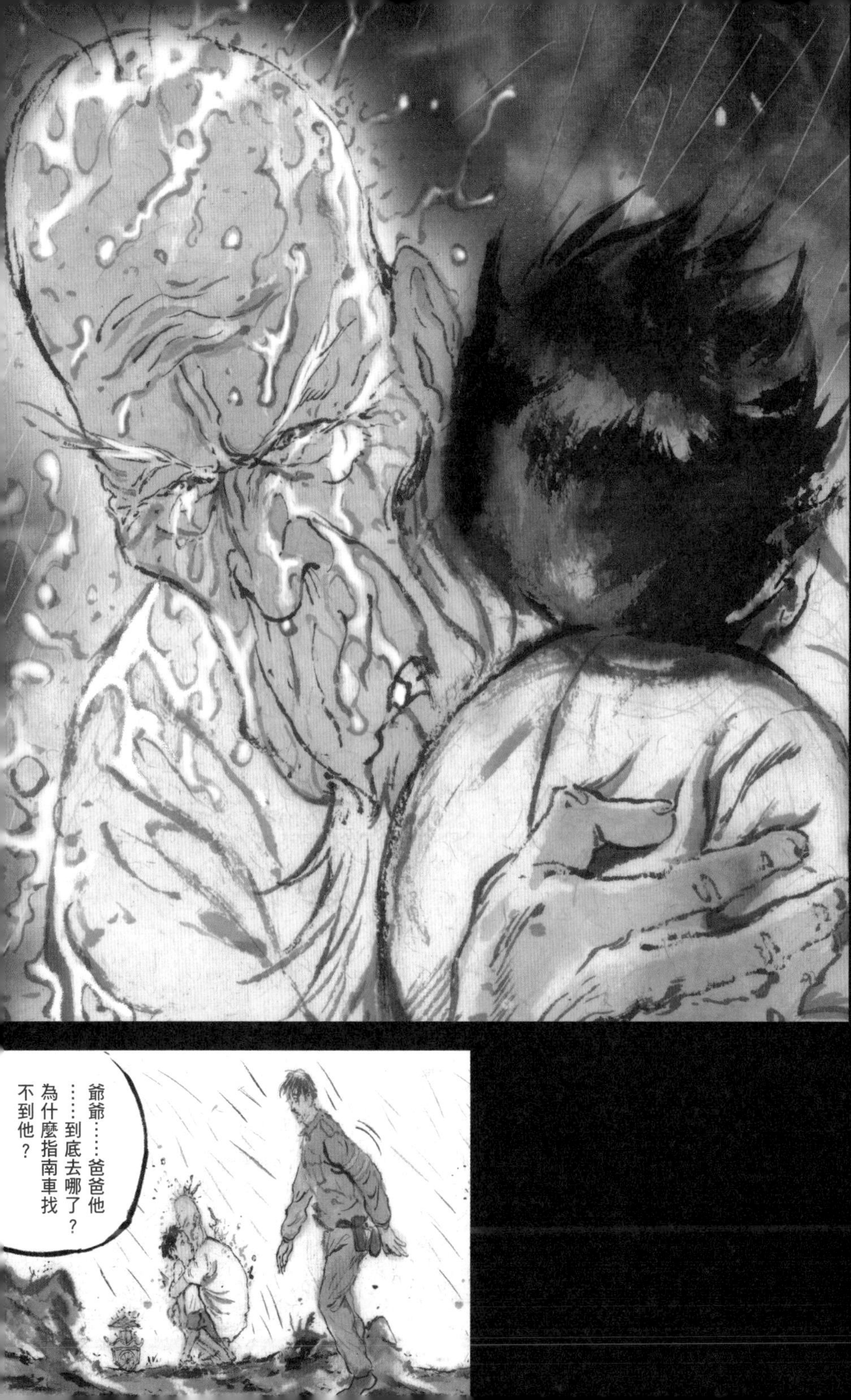
爺爺……爸爸他……到底去哪了？為什麼指南車找不到他？

吁
吁
一發……

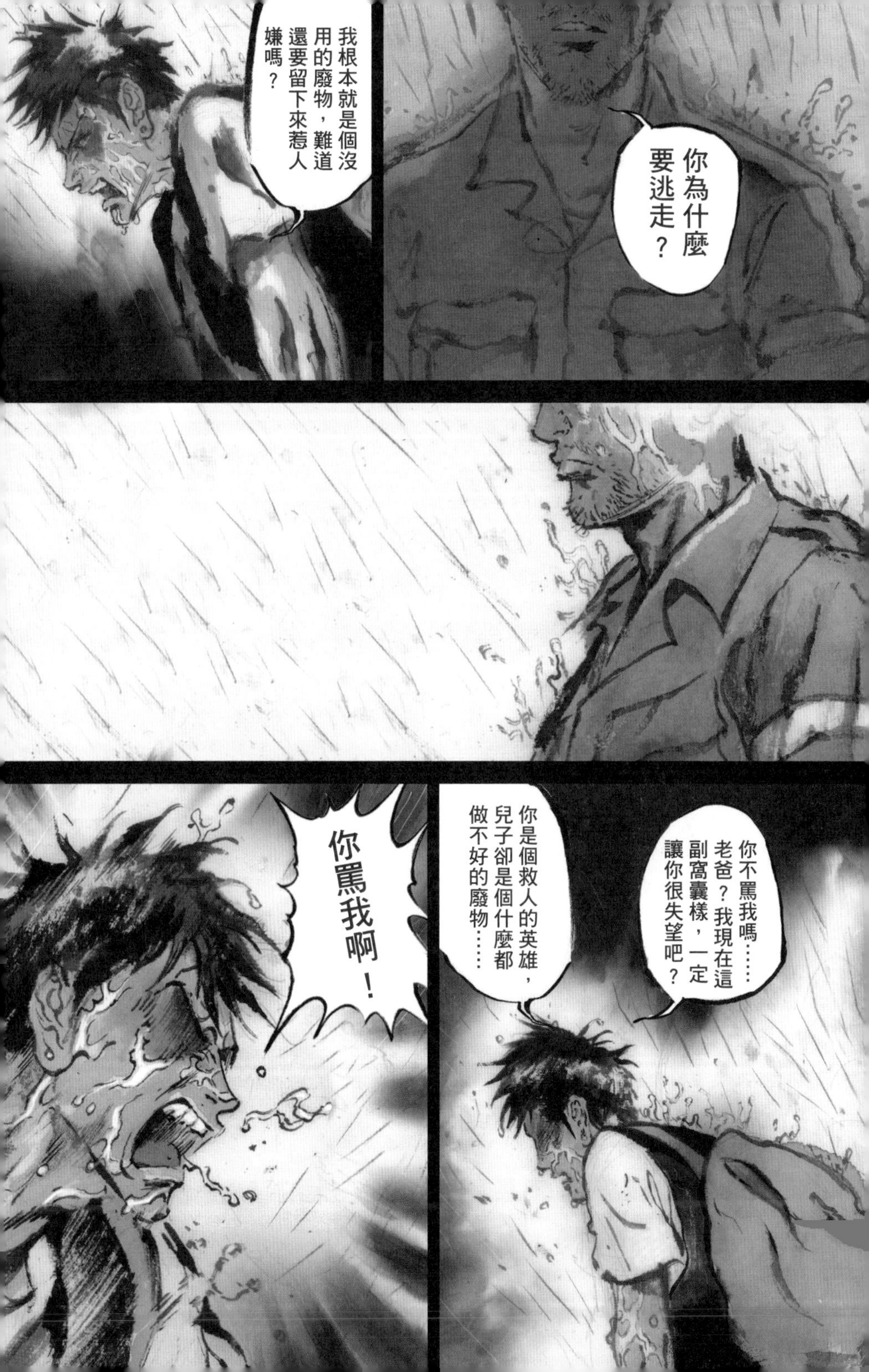
你為什麼要逃走？
我根本就是個沒用的廢物，難道還要留下來惹人嫌嗎？
你不罵我嗎……老爸？我現在這副窩囊樣，一定讓你很失望吧？
你是個救人的英雄，兒子卻是個什麼都做不好的廢物……
你罵我啊！

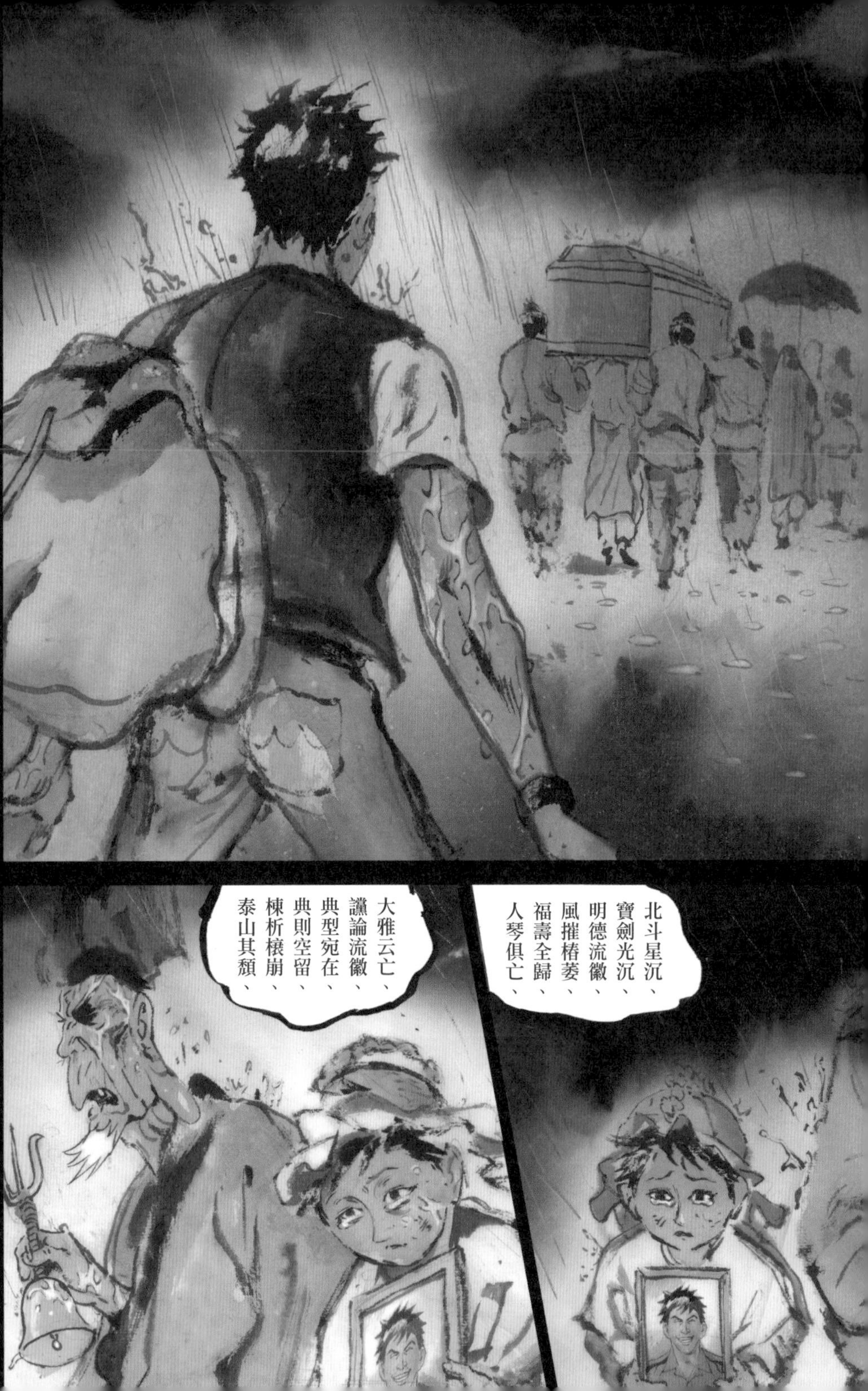
北斗星沉、寶劍光沉、明德流徽、風摧椿萎、福壽全歸、人琴俱亡、
大雅云亡、讜論流徽、典型宛在、典則空留、棟析榱崩、泰山其頹、

是啊……
你已經死了，在很久以前，
為了救人，像個笨蛋一樣死了……又怎麼會罵我呢？
一發還那麼小……
像富發隊長那麼好的人怎麼會……
真是老天不長眼…

一發，你要去哪裡？
出去走走。
嚇!?
是那個害爸爸出意外的人……
如果不是他，爸爸也不會……但他剛剛在靈堂上……

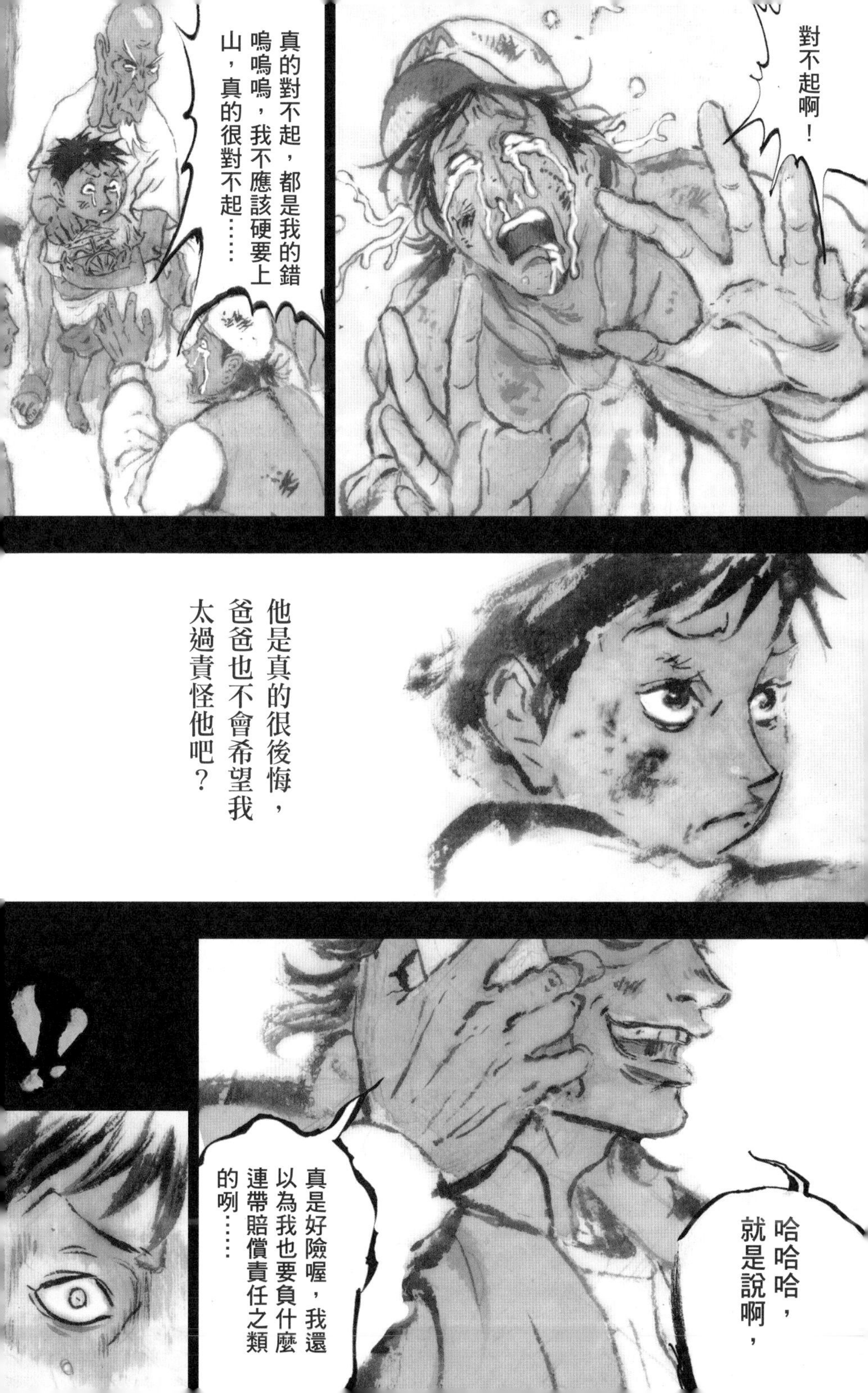
對不起啊！
真的對不起，都是我的錯
嗚嗚嗚，我不應該硬要上山，真的很對不起……
他是真的很後悔，爸爸也不會希望我太過責怪他吧？
哈哈哈，就是說啊，
真是好險喔，我還以為我也要負什麼連帶賠償責任之類的咧……

幸好那家人根本就是笨蛋，我哭一哭就以為我很後悔，拜託……又不是我的錯！誰知道會有落石啊！
而且說實在，那個救難隊長，救難是他的專業吧，救人救到自己掉下山，
根本是失職吧，我還沒有跟他們要嚇到我的精神賠償咧……
救命啊！

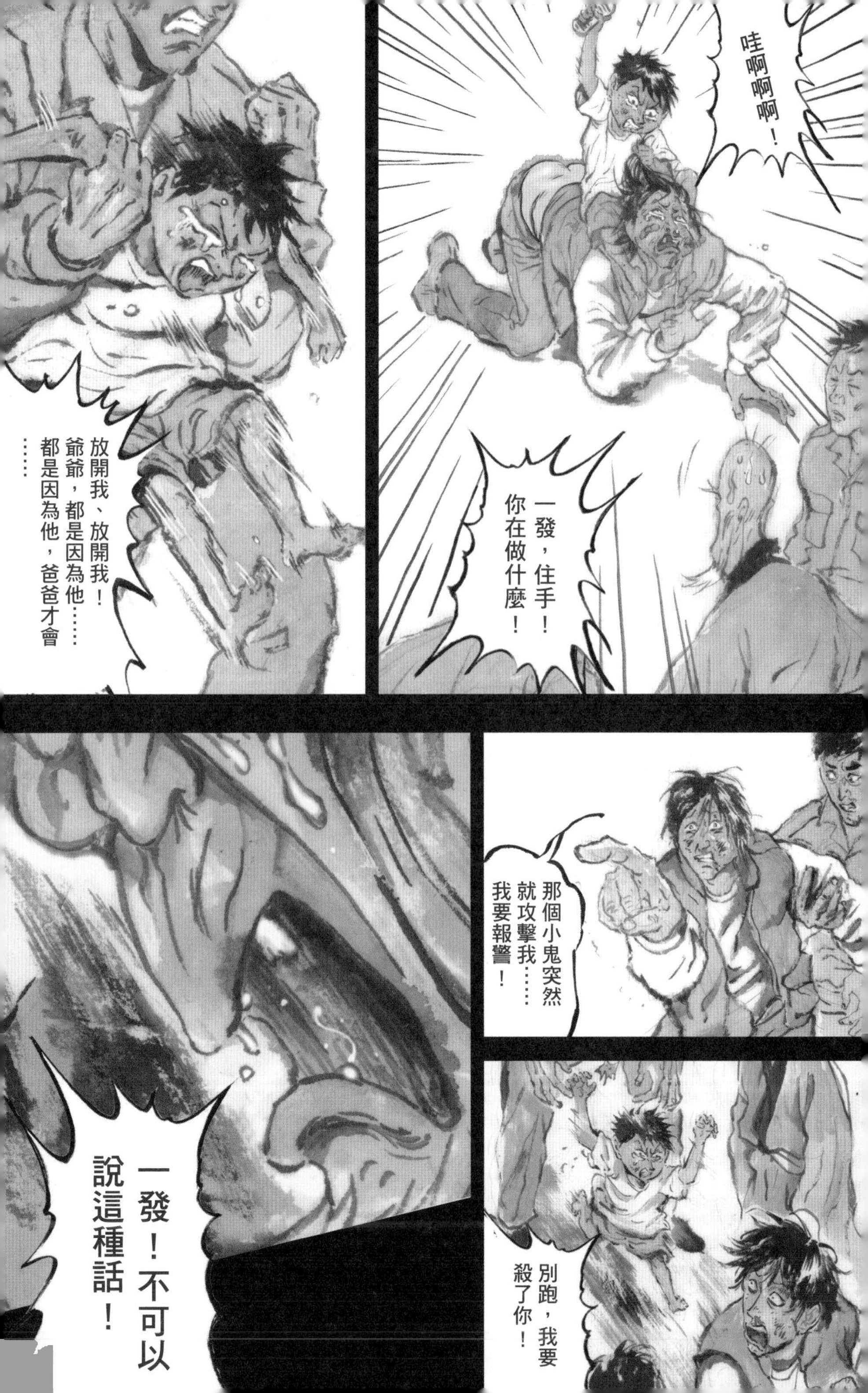

哇啊啊啊！
一發，住手！你在做什麼！
放開我、放開我！爺爺，都是因為他，都是因為他……爸爸才會……
那個小鬼突然就攻擊我……我要報警！
別跑，我要殺了你！
一發！不可以說這種話！

啪—

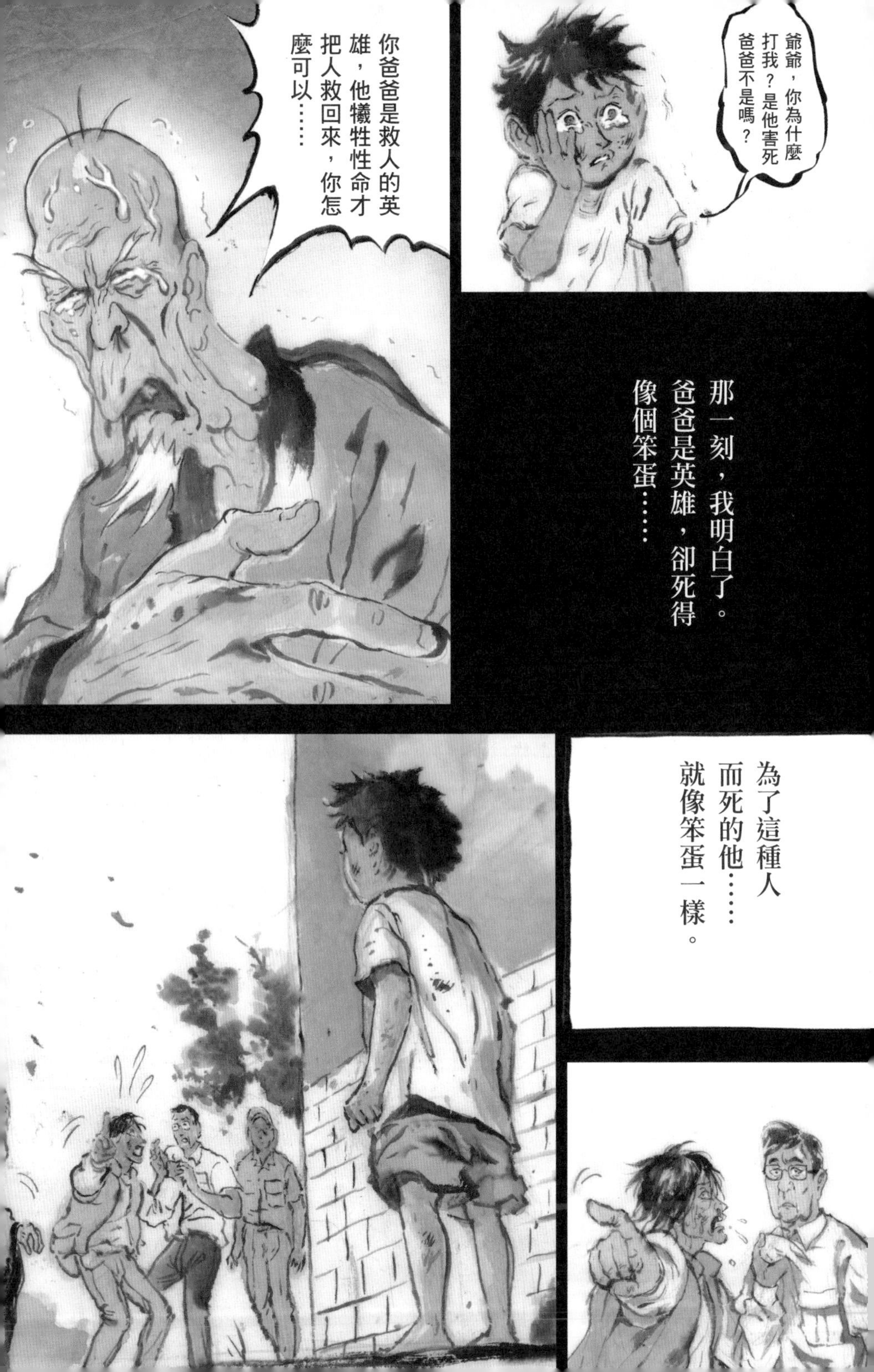
爺爺，你為什麼打我？是他害死爸爸不是嗎？
你爸爸是救人的英雄，他犧牲性命才把人救回來，你怎麼可以……
那一刻，我明白了。爸爸是英雄，卻死得像個笨蛋……
為了這種人而死的他……就像笨蛋一樣。

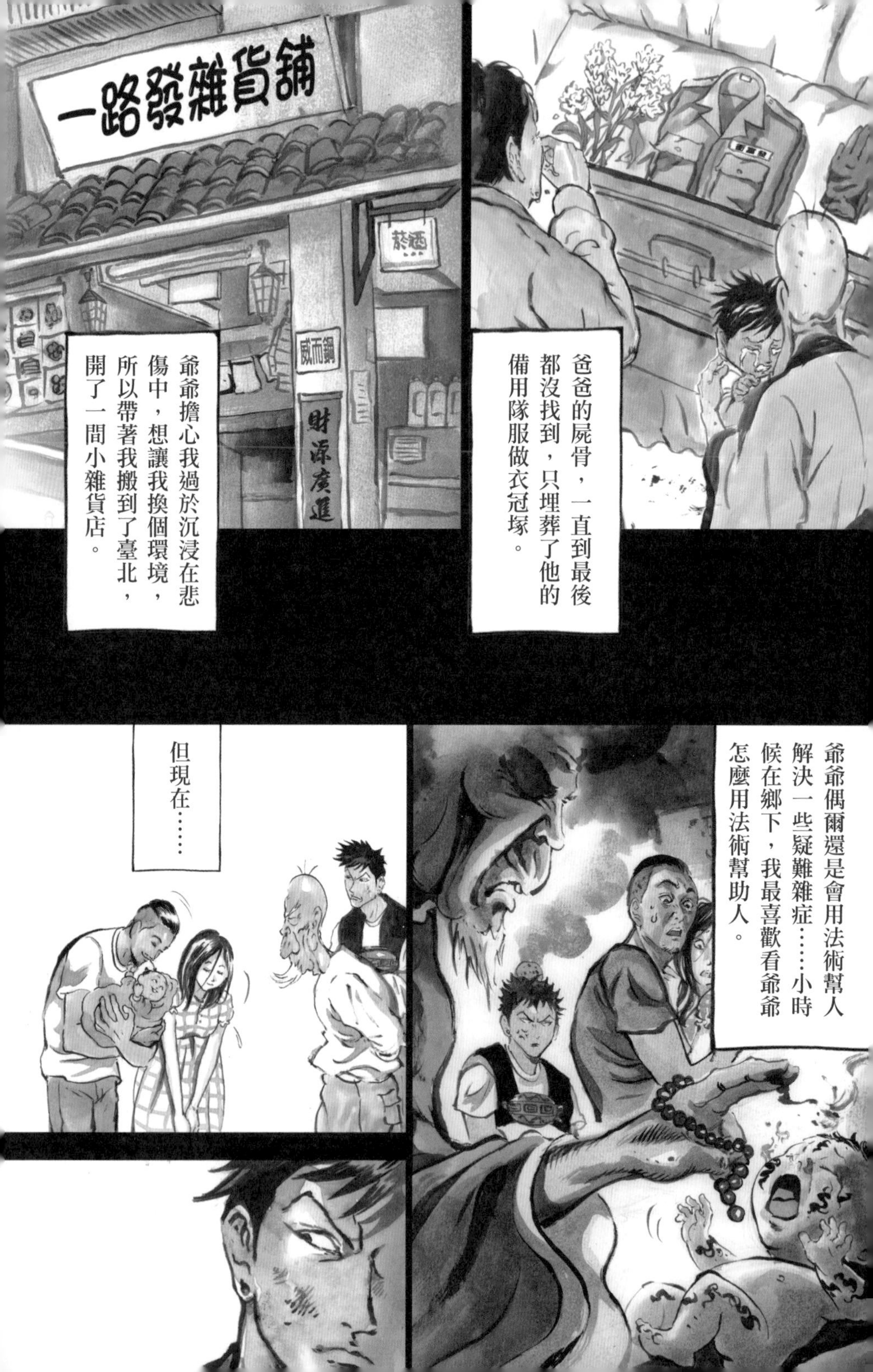
爸爸的屍骨，一直到最後都沒找到，只埋葬了他的備用隊服做衣冠塚。
一路發雜貨舖
菸酒
威而鋼
財源廣進
爺爺擔心我過於沉浸在悲傷中，想讓我換個環境，所以帶著我搬到了臺北，開了一間小雜貨店。
爺爺偶爾還是會用法術幫人解決一些疑難雜症……小時候在鄉下，我最喜歡看爺爺怎麼用法術幫助人。
但現在……

嘿嘿……
最近零用錢又不夠用了，看那對夫妻呆頭呆腦的……詐他們一筆好了。

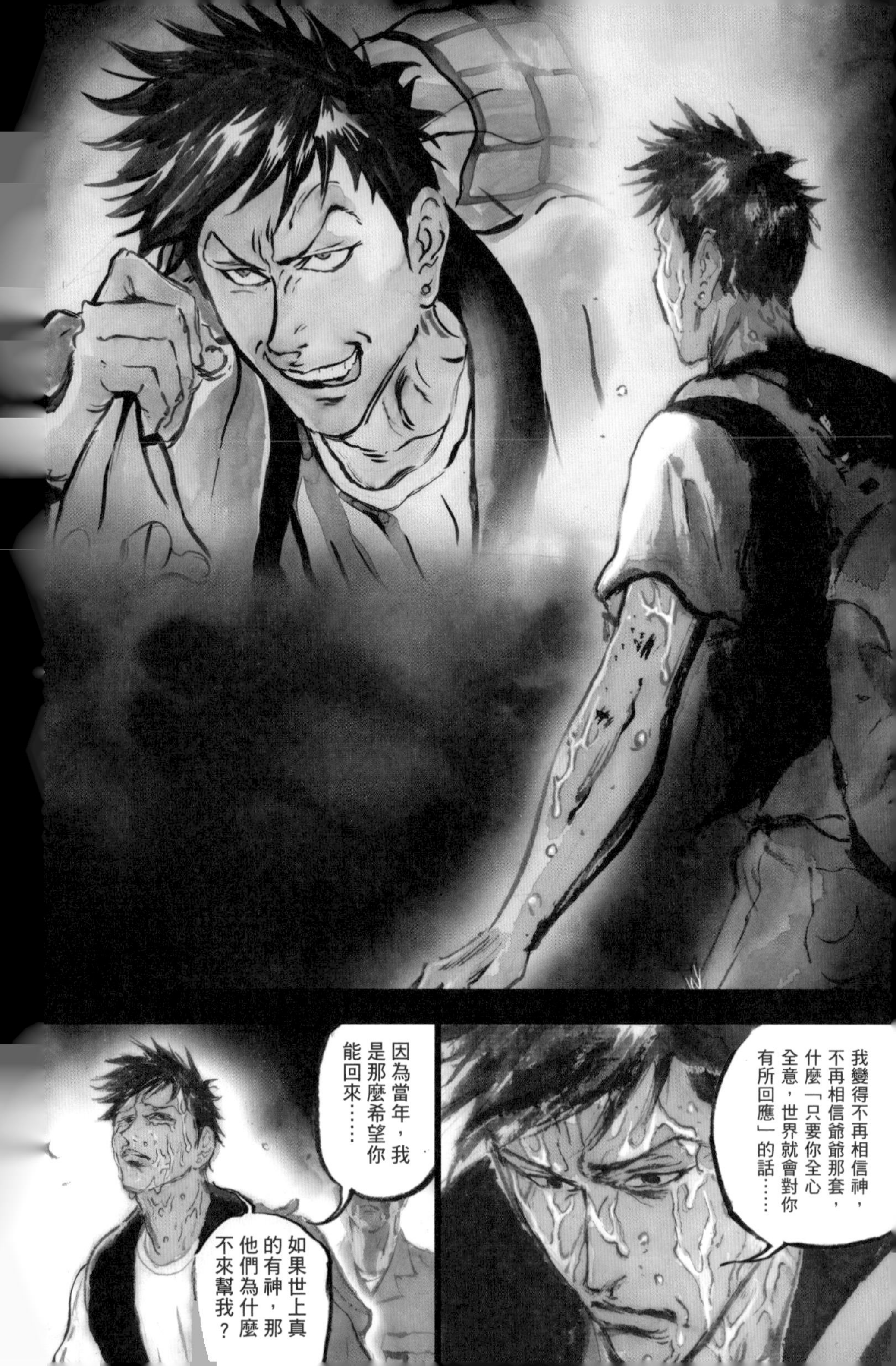
我變得不再相信神，不再相信爺爺那套，什麼「只要你全心全意，世界就會對你有所回應」的話……
因為當年，我是那麼希望你能回來……
如果世上真的有神，那他們為什麼不來幫我？

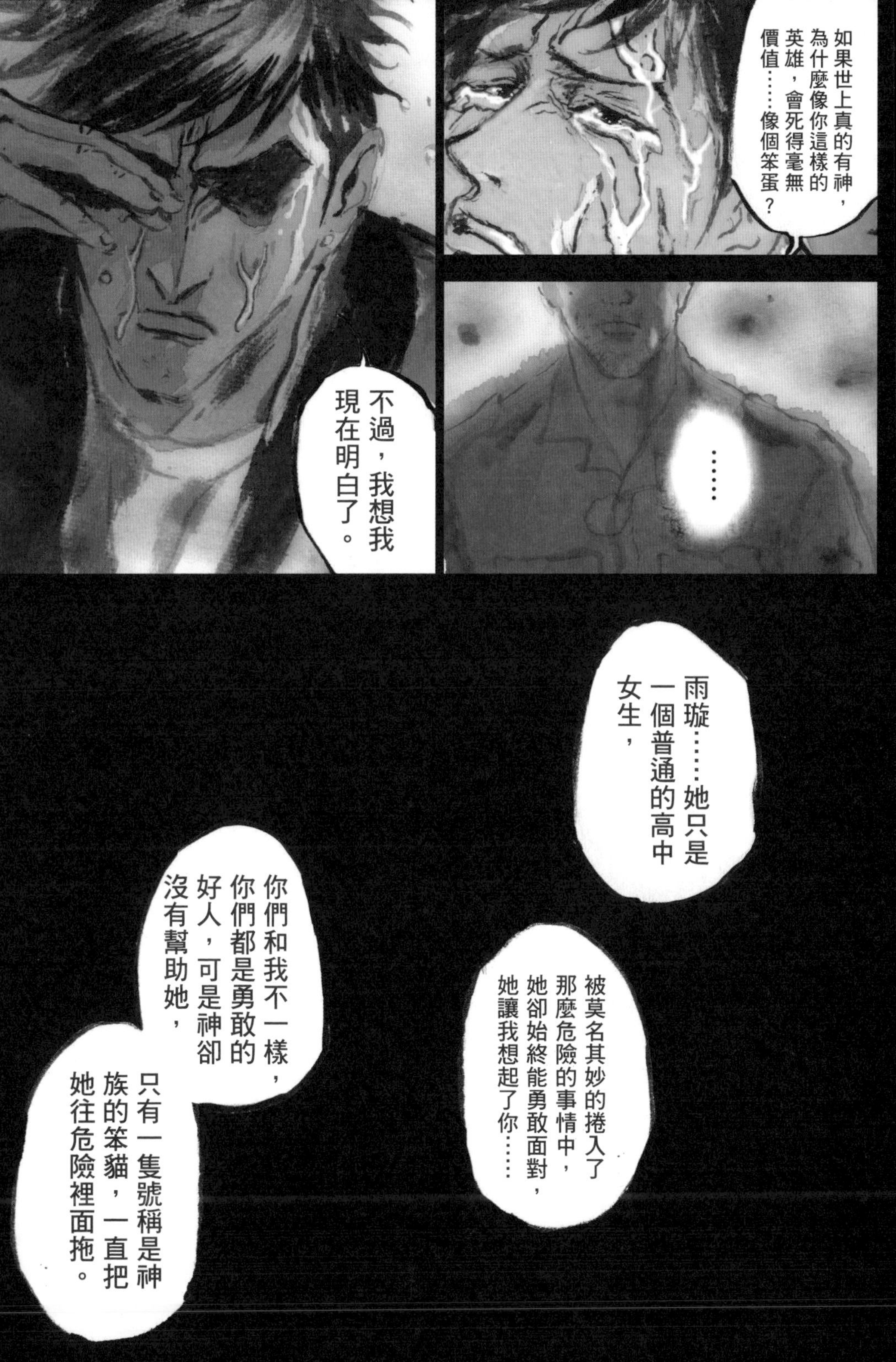
如果世上真的有神，為什麼像你這樣的英雄，會死得毫無價值……像個笨蛋？
不過，我想我現在明白了。
……
雨璇……她只是一個普通的高中女生，
被莫名其妙的捲入了那麼危險的事情中，她卻始終能勇敢面對，她讓我想起了你……
你們和我不一樣，你們都是勇敢的好人，可是神卻沒有幫助她，
只有一隻號稱是神族的笨貓，一直把她往危險裡面拖。

我想保護她……如果神不救她，那就讓我來救！
其實，我或多或少有發現，自己那麼多年疏於鍛鍊，早就變成廢物……
我只是不斷的催眠自己，說服自己不要怕，我是天才，是天選之人，我很厲害……
所以你要放棄了嗎？
但其實這都是謊言，事實是，現在的我，根本沒有能幫助雨璇的能力。
哼，正好相反。

我再怎麼廢，也比那隻貓有用多了！
我已經決定了，廢物就該有廢物的樣子，
不管是趴在地上苦苦掙扎，還是像個笨蛋一樣弄得遍體鱗傷，我都要保護她！
如果神不救她，那就讓我來救！
很好，我果然沒看錯你。

嗯？
一發，聽好……
機會只有一次，
蚩尤一族和猞猁
都不可信任，
渾沌真正害怕
的，是天界之
鑰以及穌仙道
的法力……

老爸？你在說什麼？為何你會知道這些？
利用那個女孩，逼退渾沌，然後給她致命的一擊。
等等，老爸別走！

混沌!!

看來你兒子還挺孝順的嘛，鬥戰勝佛……
不……還是應該叫你……
鯀仙道傳人，衝富發？

我不相信神，卻出現
一隻自稱神的貓……
這叫人怎麼信啊？

唔……
第三十四回
渾沌帝江

什……什麼人？
不……不對，你不是人，你是老爸說過的……妖怪？
蛤!?
你快死了。

你傷得太重，我並不擅長治療法術，現在只是暫時讓你恢復活力而已。
對了，我上山救人，結果被石頭砸到……
我知道你可能一時很難接受，但我說的是實話。
而我現在要說的事情，關乎整個世界的命運……
上來吧。

你這是……
你不是說我快死了嗎？我看你也傷得很重，當然是趁我掛掉以前送你就醫啊。
轟
呵呵……
果然是那個人的後代，這種捨己為人的精神，我看已經深入你們的血脈裡了吧……

你到底再說啥啊……還是你不要去醫院？要怎樣才能幫你，快點趁我還沒掛以前搞清楚啦。
你要救的不是我，夏禹的後代……
你要救的是這個世界。
啊？

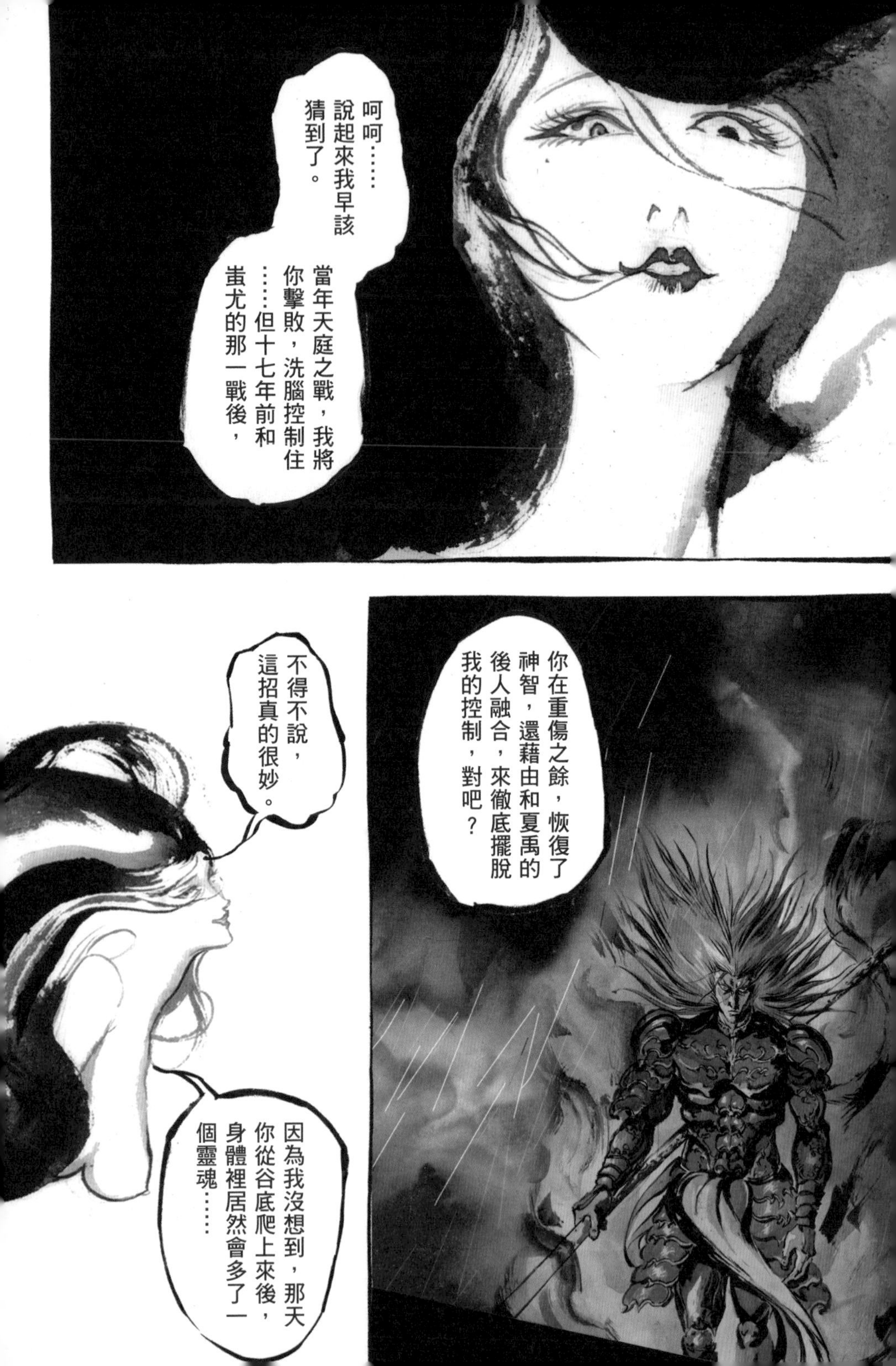
呵呵……說起來我早該猜到了。
當年天庭之戰，我將你擊敗，洗腦控制住……但十七年前和蚩尤的那一戰後，
你在重傷之餘，恢復了神智，還藉由和夏禹的後人融合，來徹底擺脫我的控制，對吧？
不得不說，這招真的很妙。
因為我沒想到，那天你從谷底爬上來後，身體裡居然會多了一個靈魂……

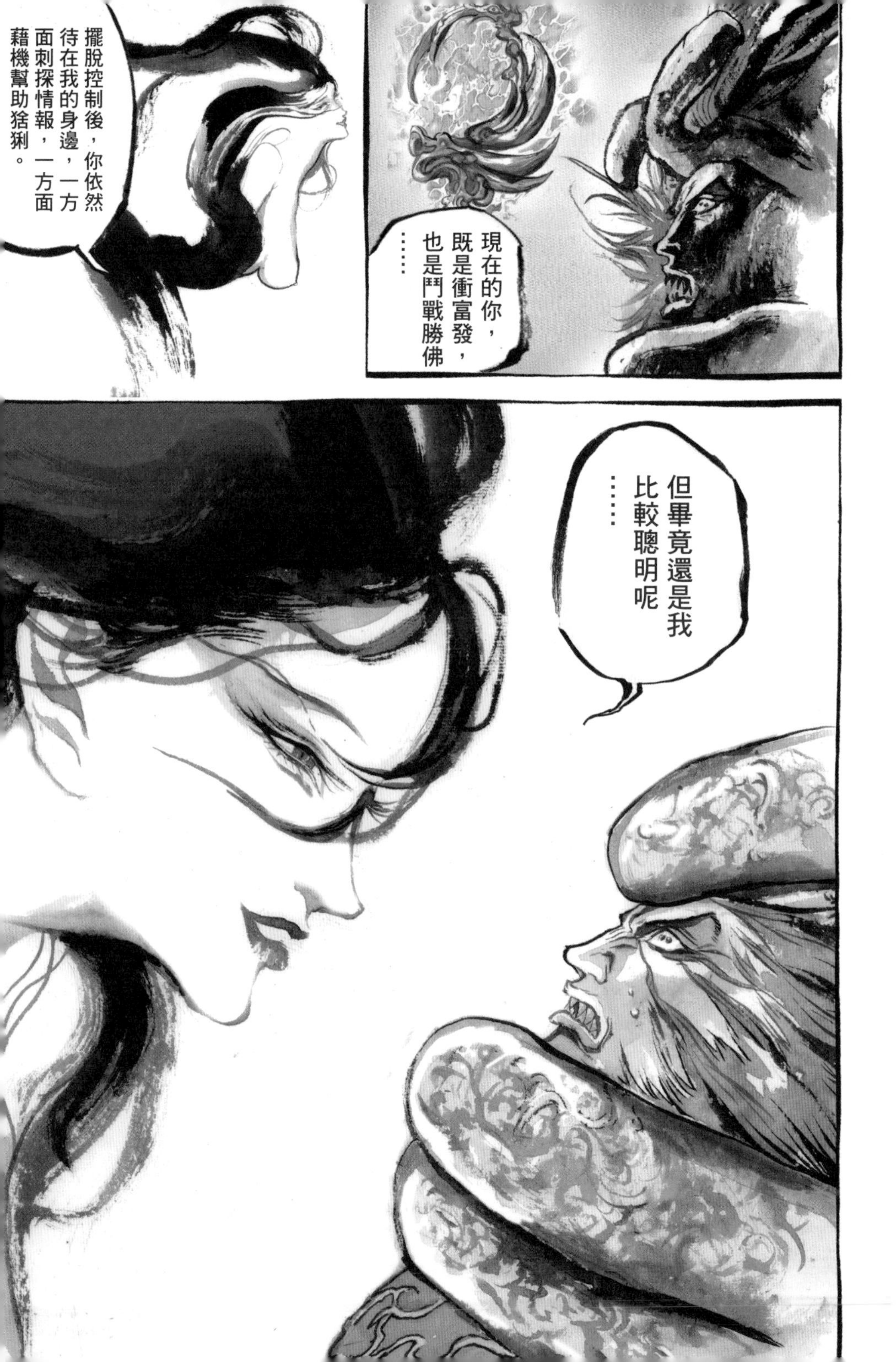

現在的你，既是衝富發，也是鬥戰勝佛……
擺脫控制後，你依然待在我的身邊，一方面刺探情報，一方面藉機幫助猞猁。
但畢竟還是我比較聰明呢……

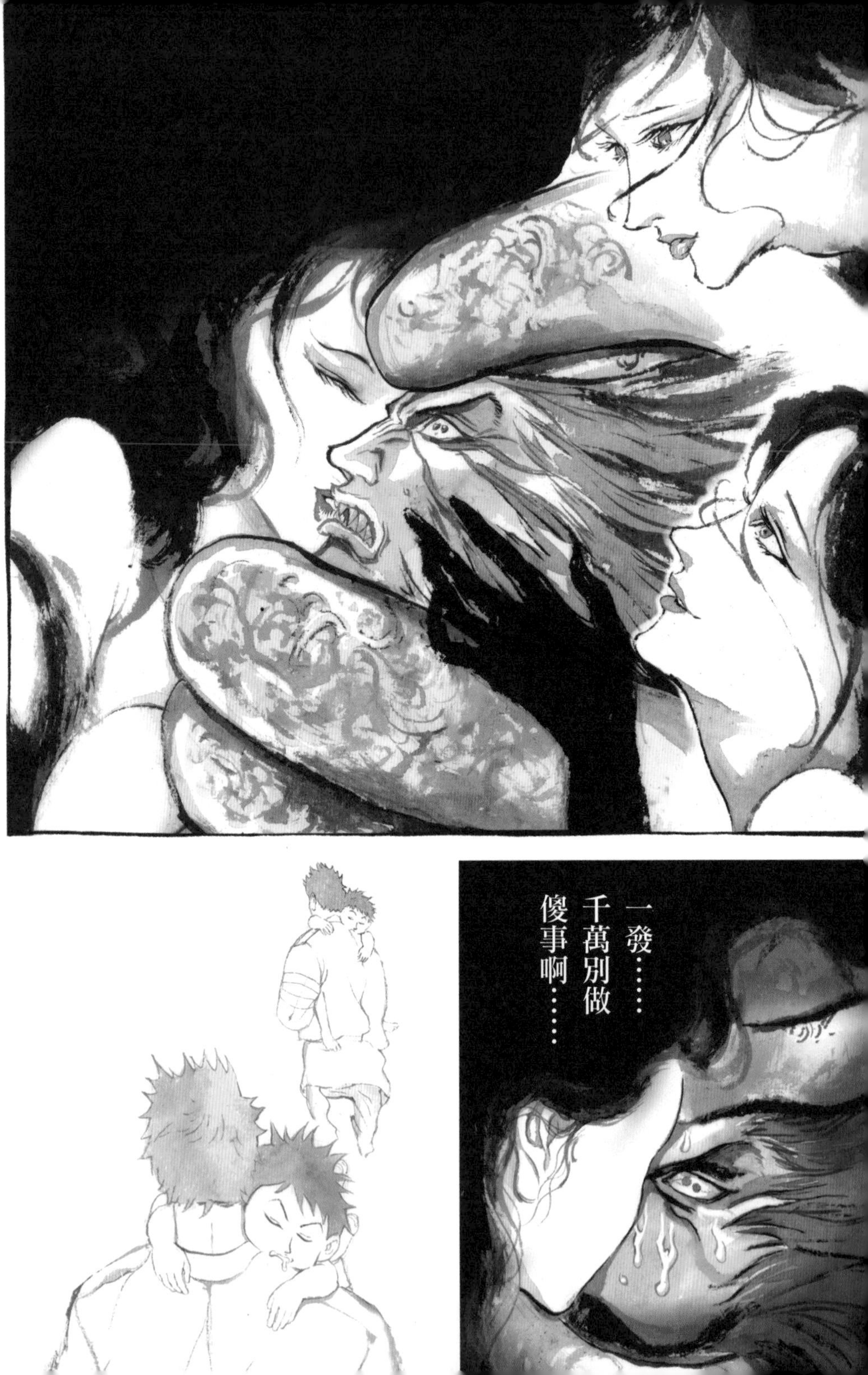
一發……千萬別做傻事啊……

渾沌！把我爸爸放了！
呵呵。

啾！

經過一年，現在衝一發已經可以主導化煞戰體，
在衝三發、蚩尤們以及貅的魔鬼訓練下，衝一發潛藏的才能終於開花結果。
什麼!? 好強的力量……我、我抵擋不住了……

受死吧！渾沌！

騙你的啦，你們父子就好好打一架吧。

吁
吁
吁
怎麼了，沒力了嗎？不打了嗎？
不打的話，我就要拿走天界之鑰囉。

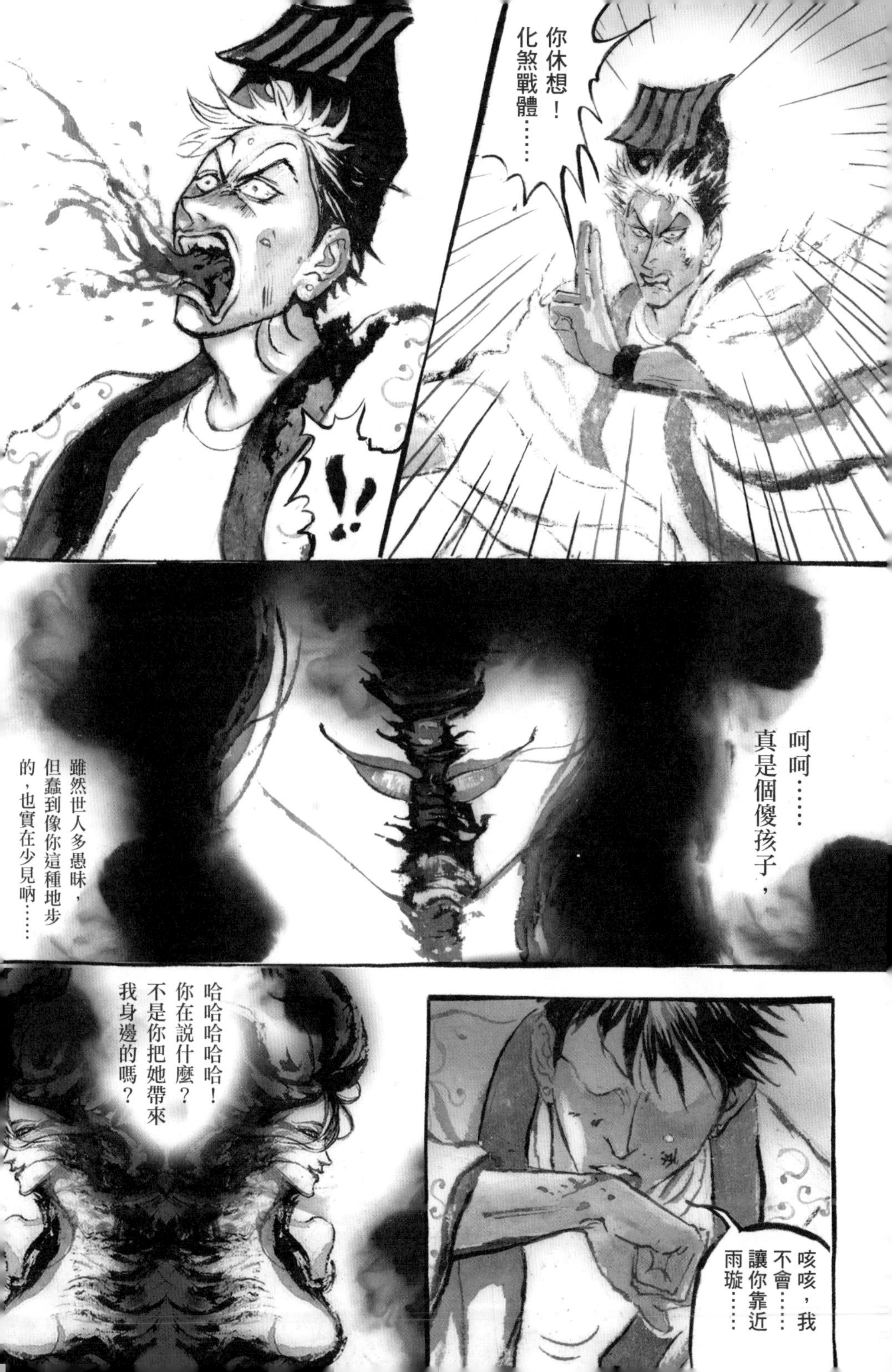
你休想！
化煞戰體……
!!
呵呵……
真是個傻孩子，
雖然世人多愚昧，
但蠢到像你這種地步
的，也實在少見吶……
咳咳，我
不會……
讓你靠近
雨璇……
哈哈哈哈哈！
你在說什麼？
不是你把她帶來
我身邊的嗎？

沒錯，
就是自私罷了，

美其名不想讓她
面對危險，其實
不過只是自私。

最好的證明就是，當你有了力量後，卻被我製造的幻覺所騙，
為了「拯救地球」，你毫不猶豫的將她置於險地。
你和那些害死你爸的人一樣

自私。

不過真要多虧你呢，因為你的愚昧，讓世間萬物終於可以回歸它該有的模樣。

夏云公主！糟糕！渾沌要用雨璇來釋放天機之力了！
你們啊……什麼都不知道。
夏云早就死了，在她放出妖魔，並放走天界之鑰的時候。

天機從來就不是存在於夏云的身體裡，它比你們所能想像的一切都還要宏大。
不可能，造化玉簡有記載，天機是……
是神族祖先盤古天帝的心臟，它能帶來生命，亦能帶來死亡。

那是……騙人的喔。

在很久很久以前，天地間僅有一片渾沌。
沒有規則、沒有束縛，無數生靈在其中誕生又迅速消亡，從來沒有任何一種生靈可以在混亂的天地中長久存活。
在無數的生靈凋謝後，終於出現了一個空前強大的個體。
盤古。

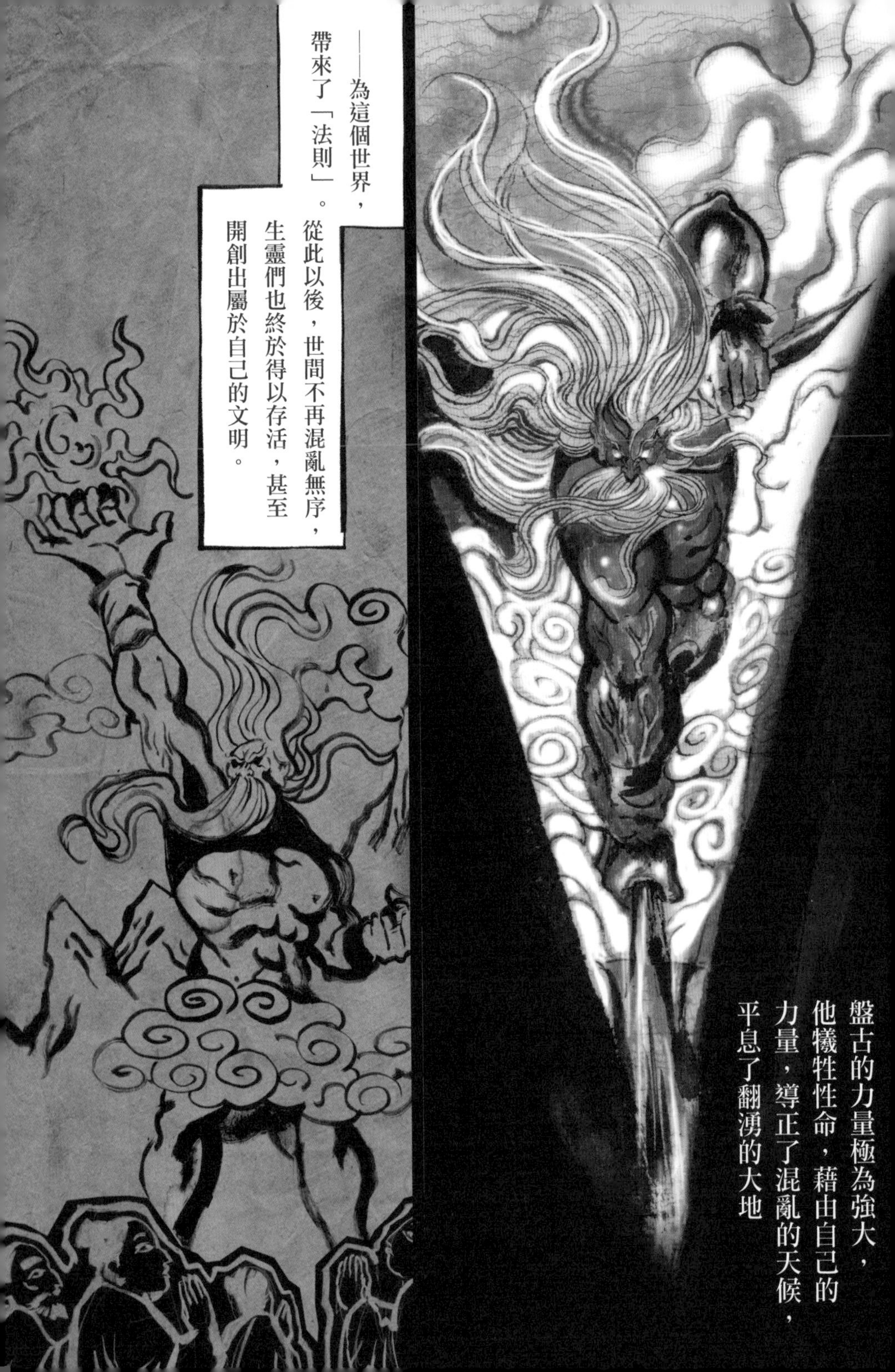
盤古的力量極為強大，他犧牲性命，藉由自己的力量，導正了混亂的天候，平息了翻湧的大地
——為這個世界，帶來了「法則」。
從此以後，世間不再混亂無序，生靈們也終於得以存活，甚至開創出屬於自己的文明。

其中發展最為突出的，是三個特別的種族。
智慧發達，能憑著各式神通呼風喚雨的「天族」。
性格溫馴，肉身強壯無比，卻熱愛和平的「地族」。
以及相較於天地兩族，壽命較為短暫，卻具有優秀的繁衍和學習能力的「人族」。
盤古被天地人三族尊稱為「神」，意指「至高無上，無所不能的存在」，天地人三族互相合作，為世間帶來嶄新的黎明。

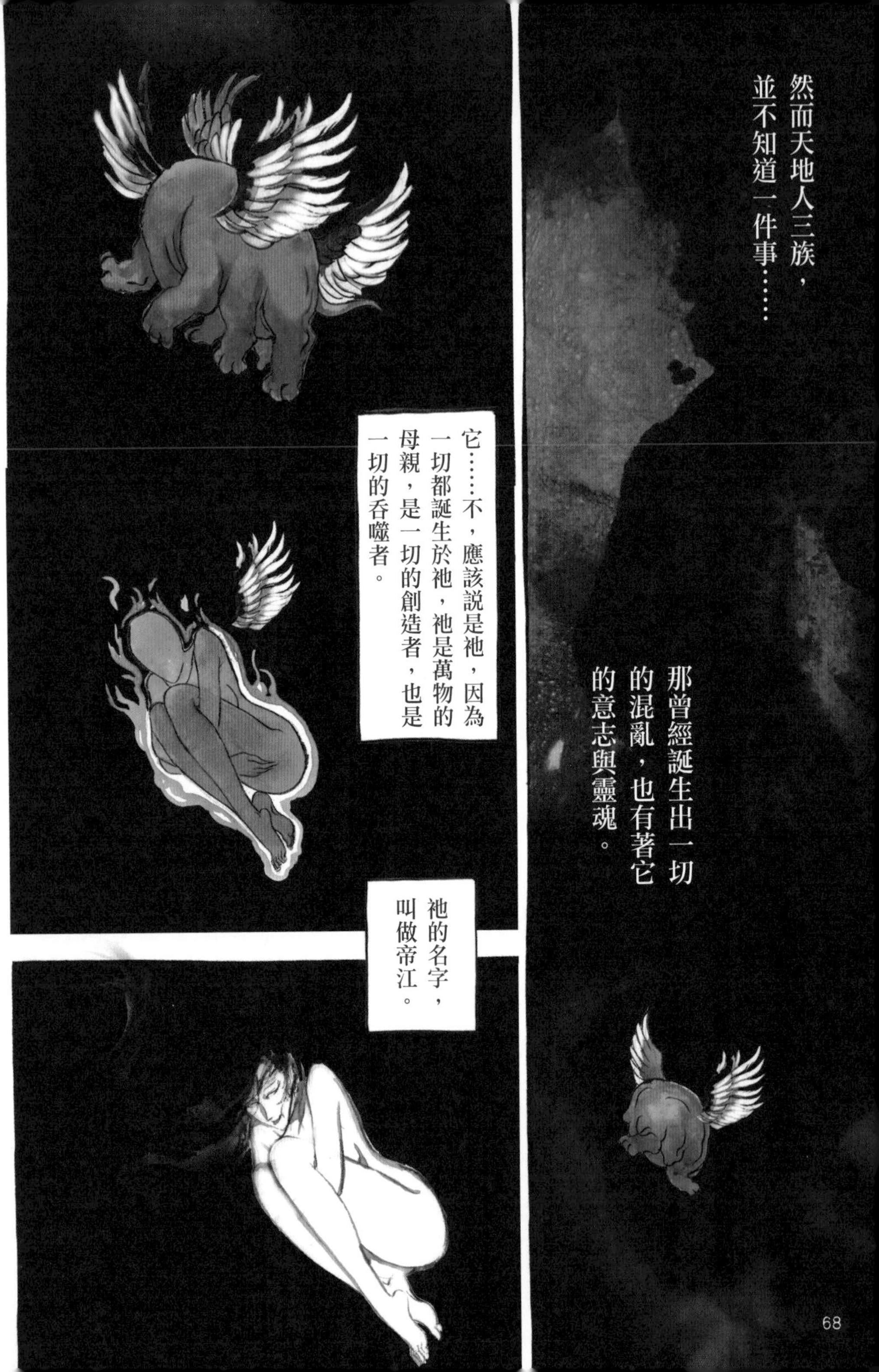
然而天地人三族，並不知道一件事……
那曾經誕生出一切的混亂，也有著它的意志與靈魂。
它……不，應該說是祂，因為一切都誕生於祂，祂是萬物的母親，是一切的創造者，也是一切的吞噬者。
祂的名字，叫做帝江。

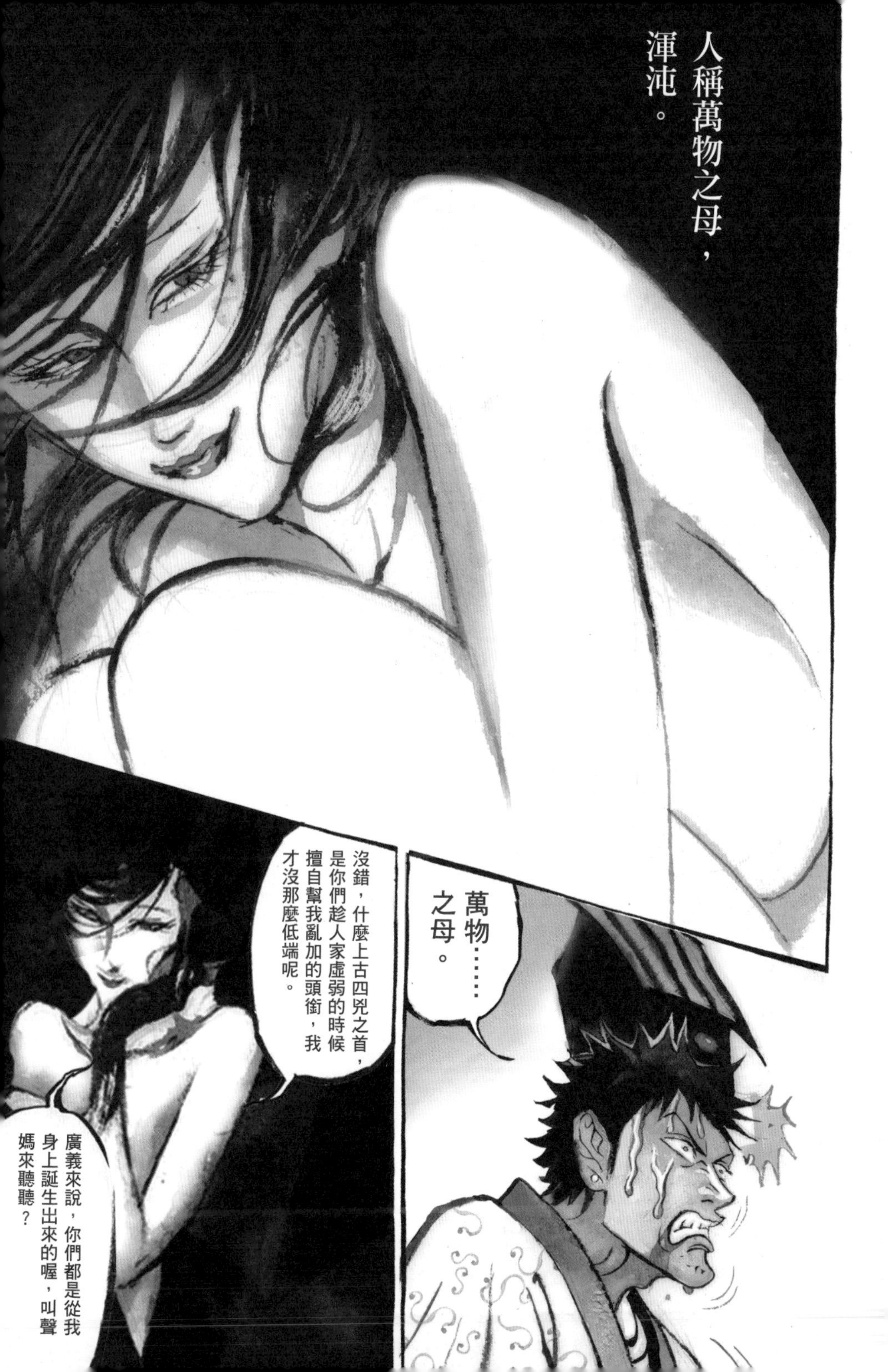
人稱萬物之母，
渾沌。
萬物……之母。
沒錯，什麼上古四兇之首，是你們趁人家虛弱的時候擅自幫我亂加的頭銜，我才沒那麼低端呢。
廣義來說，你們都是從我身上誕生出來的喔，叫聲媽來聽聽？

天機……到底是什麼？
我，就是「天機」。
而天界之鑰，就是盤古打造的封印，我絕大部分的力量，都被它封印住了。
「天機不可洩漏」有聽過這句話吧？
這句話其實是盤古臨終說的話喔，真正的意思就是……
千萬，不可以把我放出來……

渾沌

記載於《山海經．西山經》，
中國上古神話中有四大黑暗妖魔，
分別為：
渾沌、窮奇、檮杌、饕餮，
人稱四兇。
後被舜帝流放四方。

那是很久以前的事了，天地人三族每隔一段時間，三族的首領便會進行一次會談，商量各種大事。
喔……這就是傳說中天界之鑰的化身，夏云公主嗎？
真是可愛啊！
哈哈，不好意思啊，話說你是第幾代的「禹」啊？你們人族都長得太像，我實在認不出誰是誰。
上次來開會的是你嗎？
炎帝・烈山（地族首領）
第三十五回 軒轅黃帝
人皇・大禹（人族首領）
呵呵，別在意別在意，我是第三十八代「禹」，上次高峰會，參加的是我祖父三十六代。

黃帝・軒轅
（天族首領）
三族會議會商討很多事，其中最重要，便是確認天界之鑰的狀況……
天界之鑰的化身是一名女孩，被交由地族領袖炎帝撫養。
盤古死前說過：「保護好天界之鑰，天機不可洩漏。」
雖然不太理解盤古的意思，但這名外表並無特異之處的女孩，依然被好好保護了起來，每一個成長階段都會被重點關注。
沒有人知道盤古的用意，直到那天……

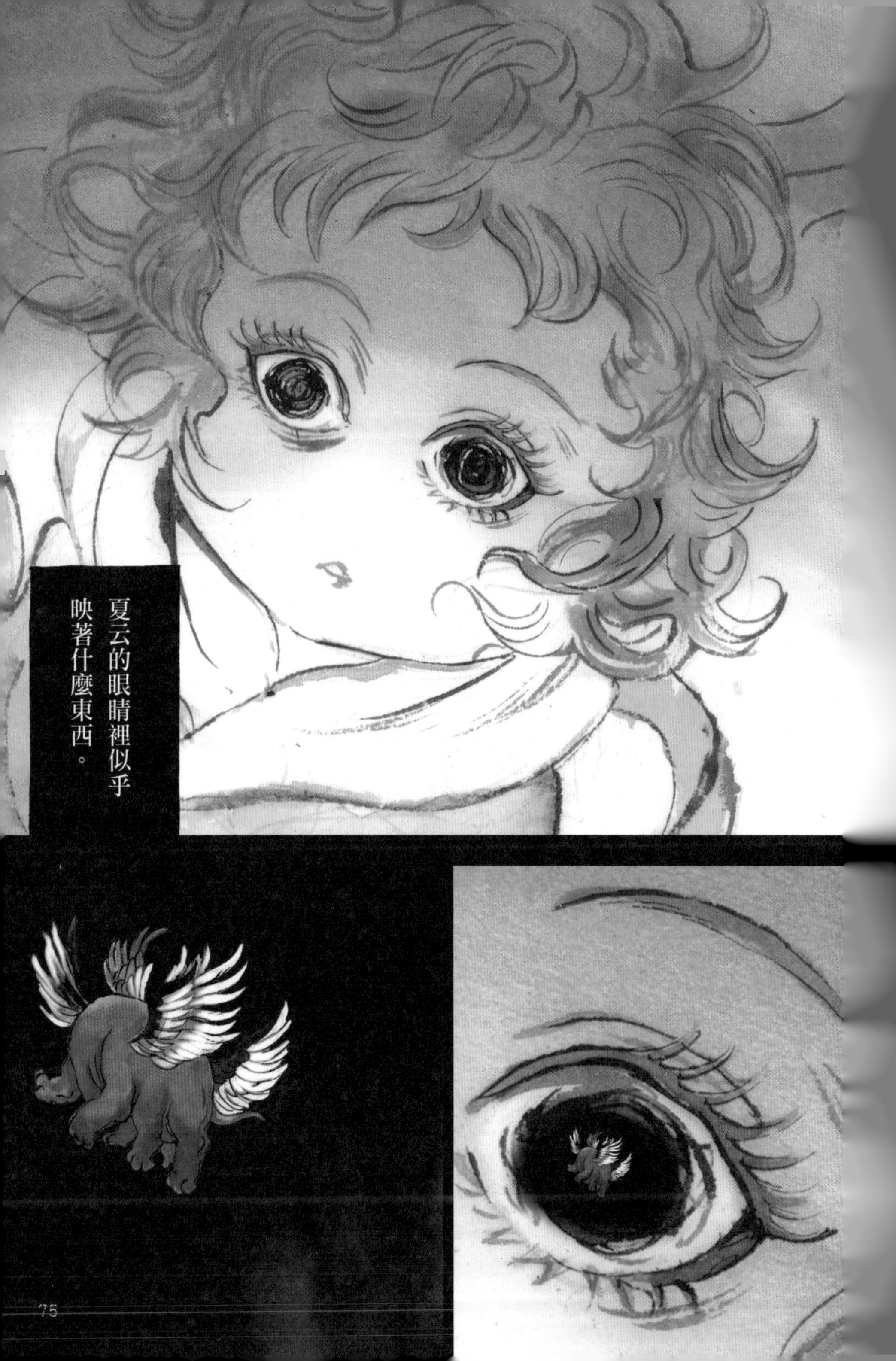
夏云的眼睛裡似乎
映著什麼東西。

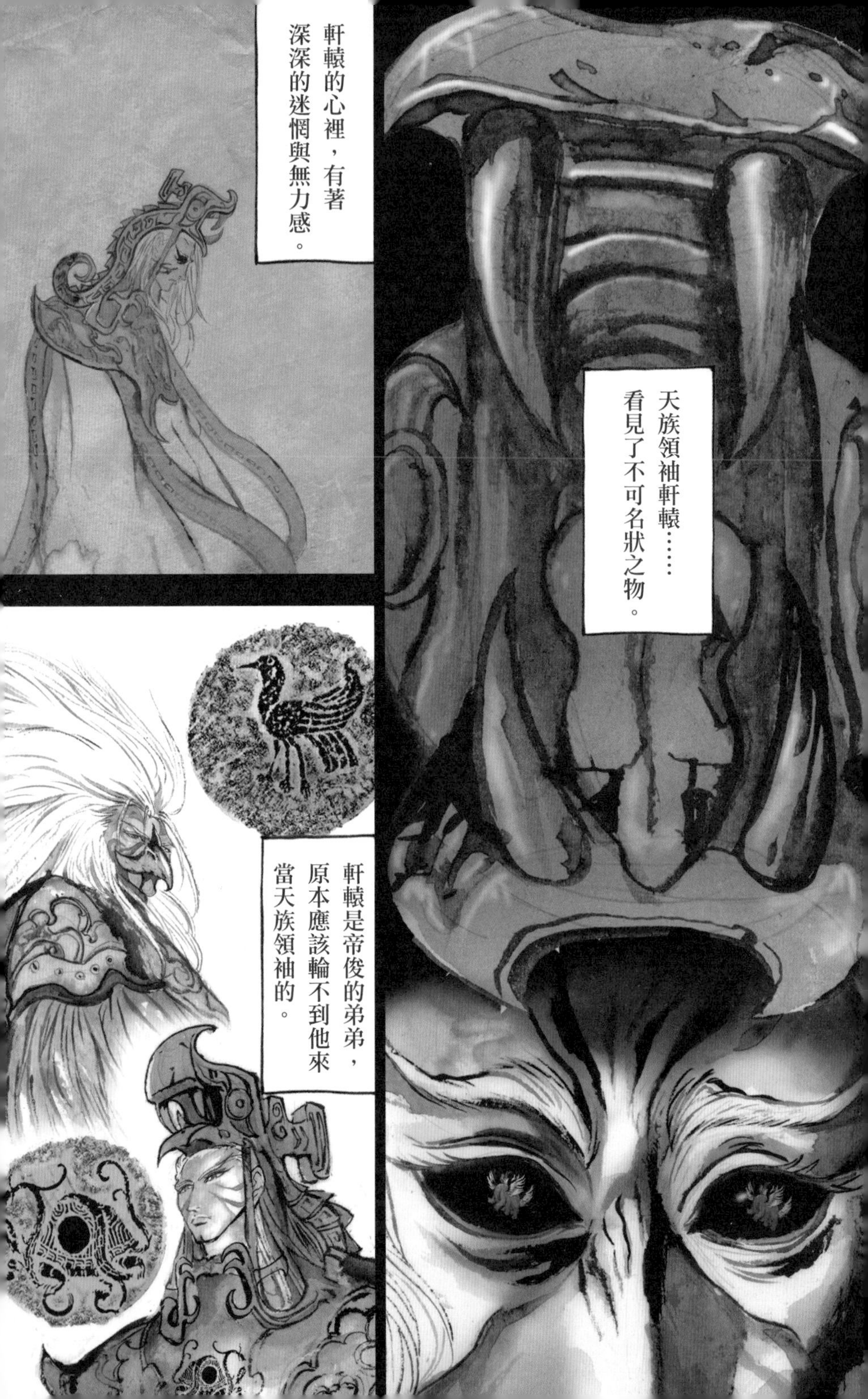
天族領袖軒轅……
看見了不可名狀之物。
軒轅的心裡，有著
深深的迷惘與無力感。
軒轅是帝俊的弟弟，
原本應該輪不到他來
當天族領袖的。

帝俊強大而英明，卻因為
和一名人族女子陷入愛河，
決定拋棄天帝之位，甘受
永世刑罰……

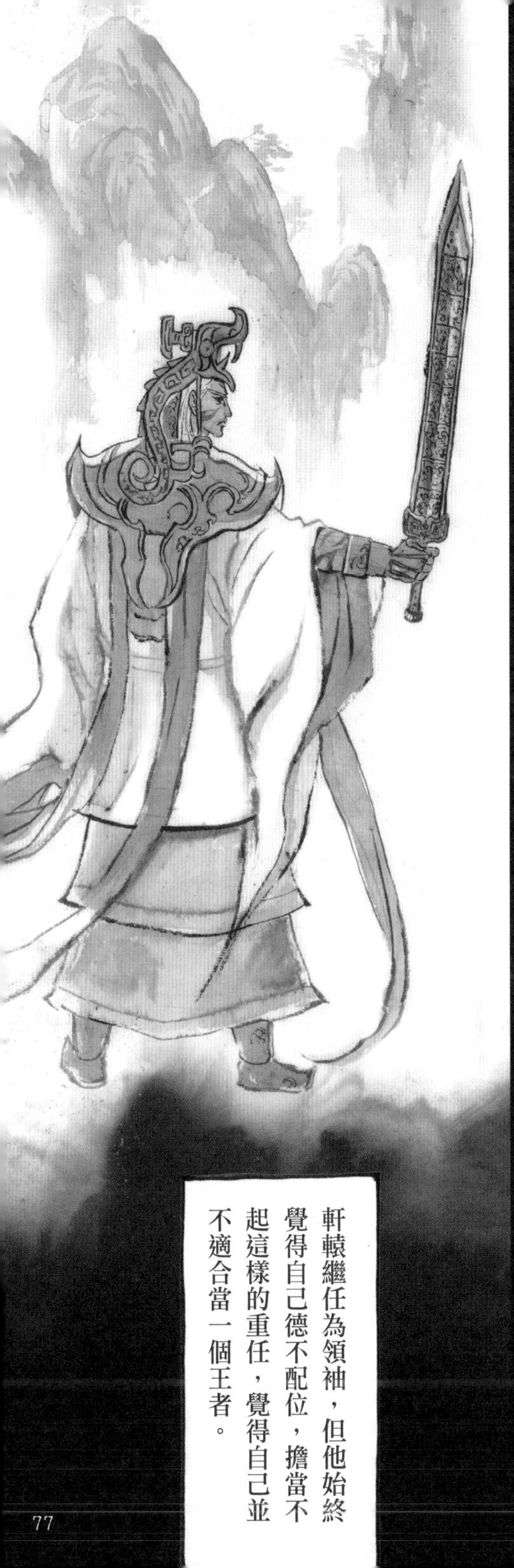
軒轅繼任為領袖，但他始終
覺得自己德不配位，擔當不
起這樣的重任，覺得自己並
不適合當一個王者。

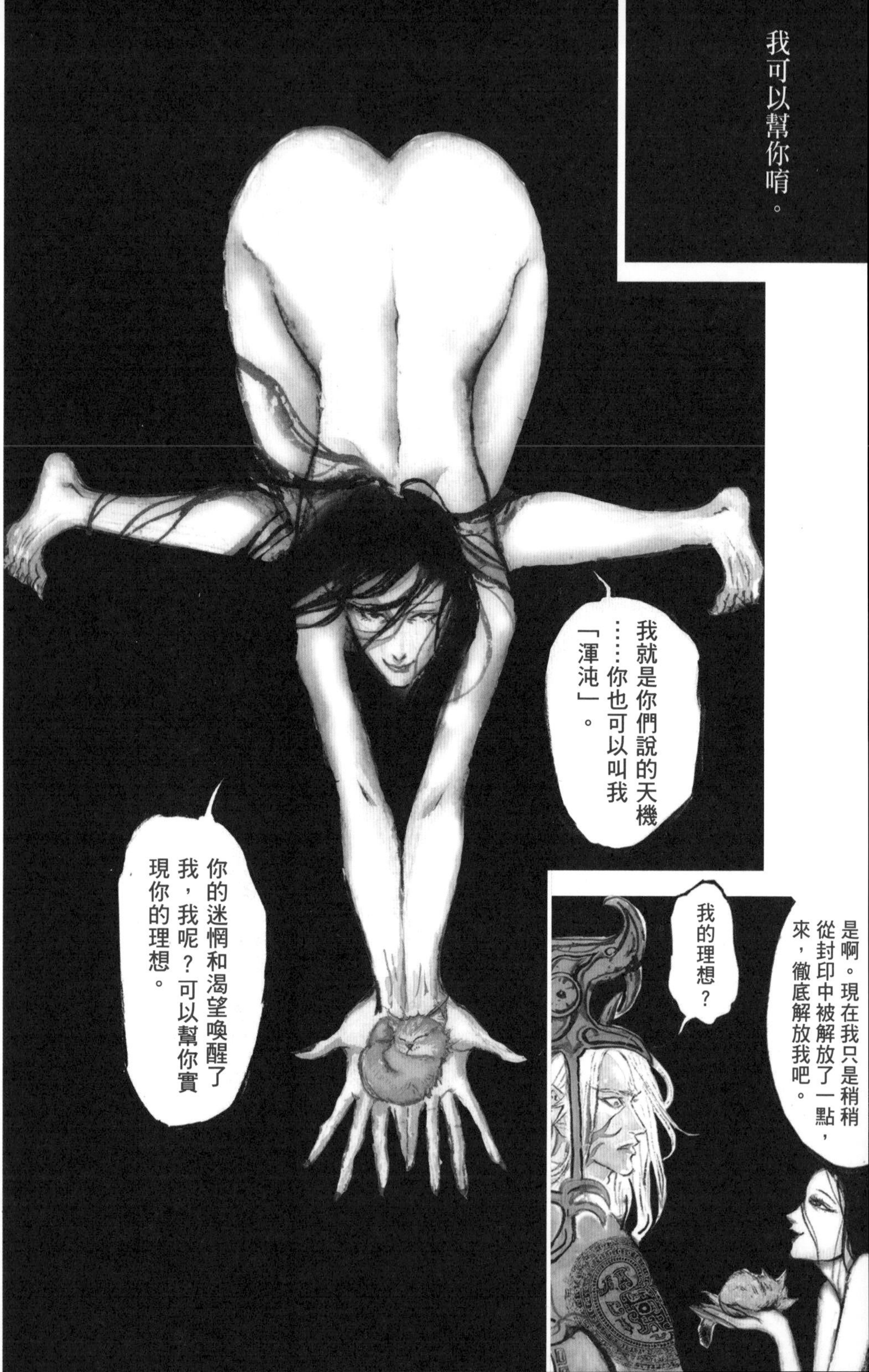
我可以幫你唷。
我就是你們說的天機……你也可以叫我「渾沌」。
你的迷惘和渴望喚醒了我，我呢？可以幫你實現你的理想。
我的理想？
是啊。現在我只是稍稍從封印中被解放了一點，來，徹底解放我吧。

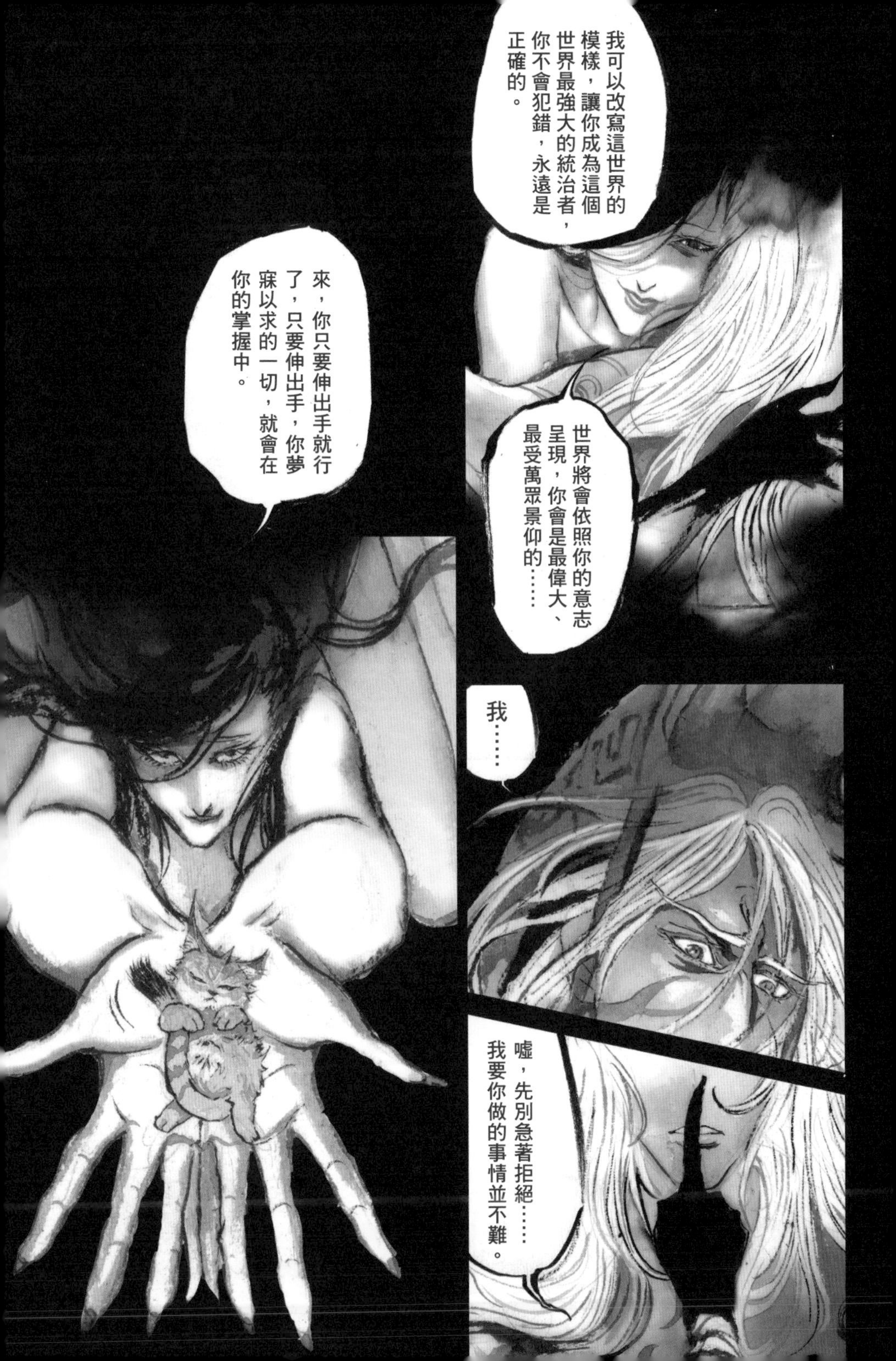
我可以改寫這世界的模樣，讓你成為這個世界最強大的統治者，你不會犯錯，永遠是正確的。
世界將會依照你的意志呈現，你會是最偉大、最受萬眾景仰的……
來，你只要伸出手就行了，只要伸出手，你夢寐以求的一切，就會在你的掌握中。
我……
噓，先別急著拒絕……我要你做的事情並不難。

沒錯……就是這樣。
黃帝！快住手！

!!
軒轅……你這傢伙……

快醒醒！黃帝！
我們不是你的
敵人啊！
這到底……
怎麼回事？
對了……
那個女的……
那個……
怪物！
她控制住我的
身體了嗎？

颯—
快用你們一族的祕傳攻擊我！大禹！

三族領袖熟知彼此的能力，發現自己被控制的軒轅當機立斷……
鯀仙道秘傳
玄武光明劍!!

嘖嘖，真有魄力，你不怕一不小心連自己都刺死了嗎？
哼哼，很好，你們就盡量掙扎吧，遲早我會回來，取回我原本的力量，到時後……哈哈哈哈哈！
軒轅……那個到底是什麼？

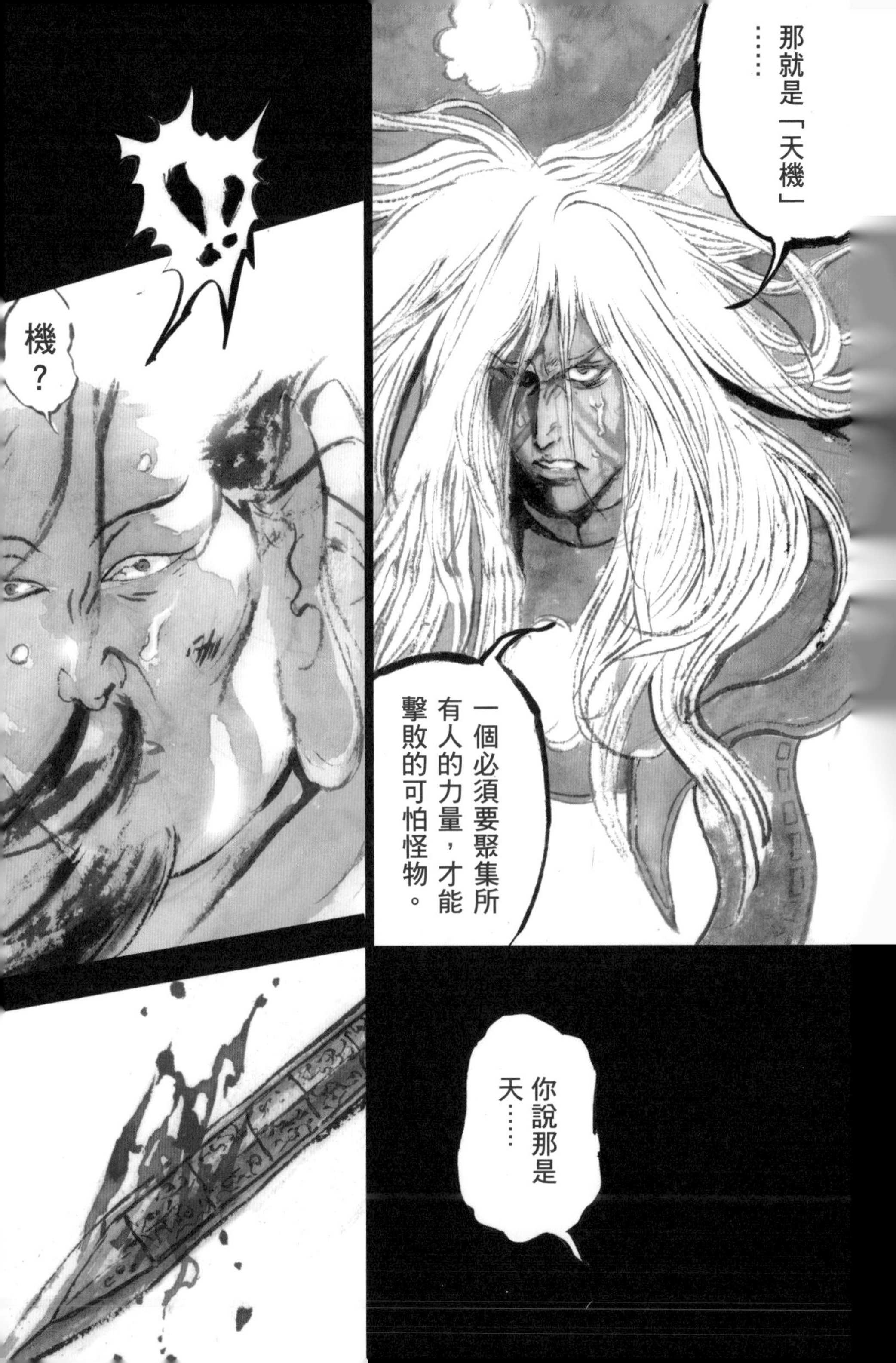
那就是「天機」……
機？
一個必須要聚集所有人的力量，才能擊敗的可怕怪物。
你說那是天……

那個怪物，只有
我有辦法擊敗……
抱歉了……
禹，還有烈山。

軒轅掀起了
一場戰爭。

他建立起「天庭」，從此以「神」之名自居，
並開啟了對地族與人族的征伐。

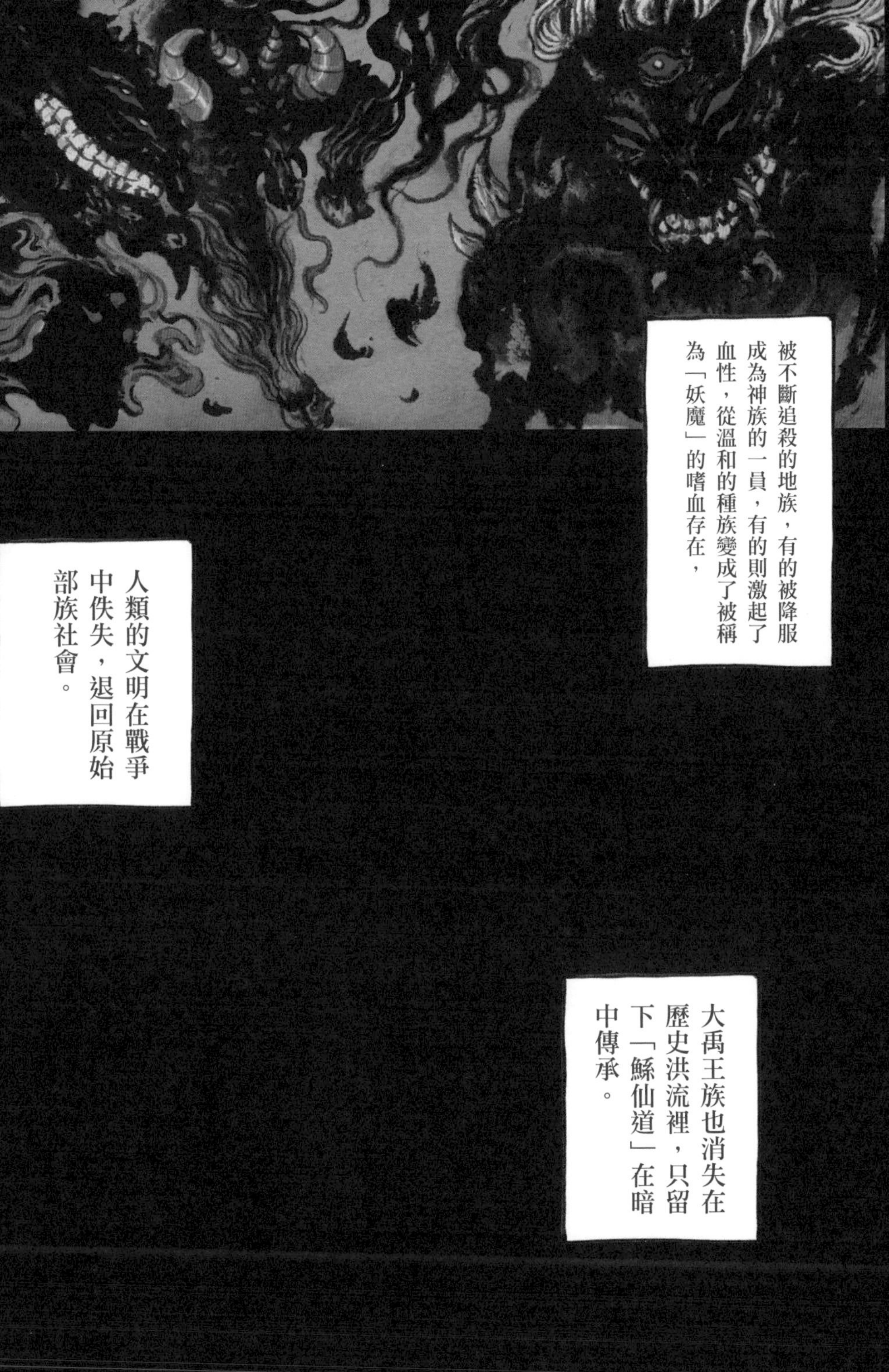
被不斷追殺的地族，有的被降服成為神族的一員，有的則激起了血性，從溫和的種族變成了被稱為「妖魔」的嗜血存在，
人類的文明在戰爭中佚失，退回原始部族社會。
大禹王族也消失在歷史洪流裡，只留下「鯀仙道」在暗中傳承。

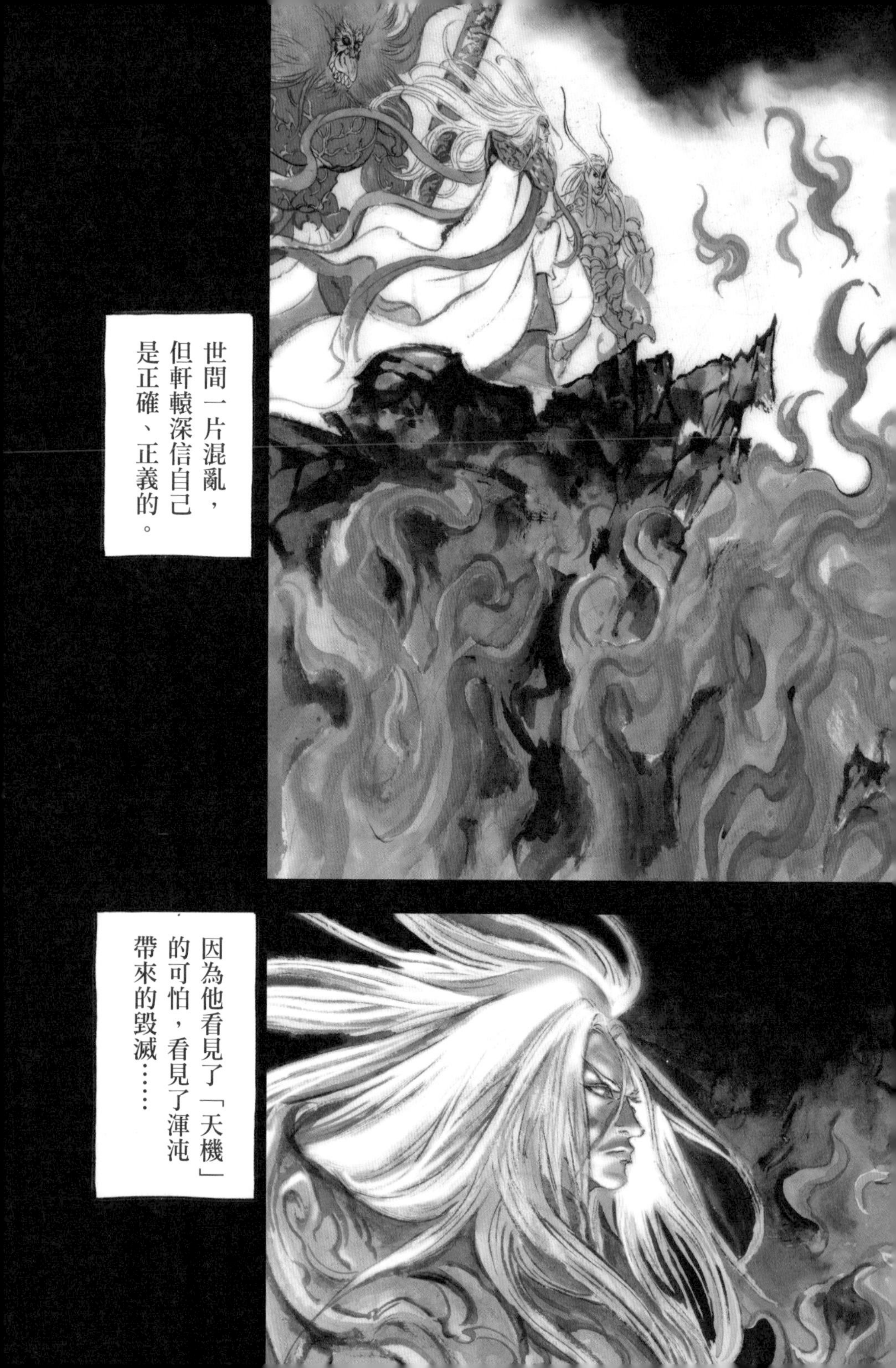
世間一片混亂，但軒轅深信自己是正確、正義的。
因為他看見了「天機」的可怕，看見了渾沌帶來的毀滅……

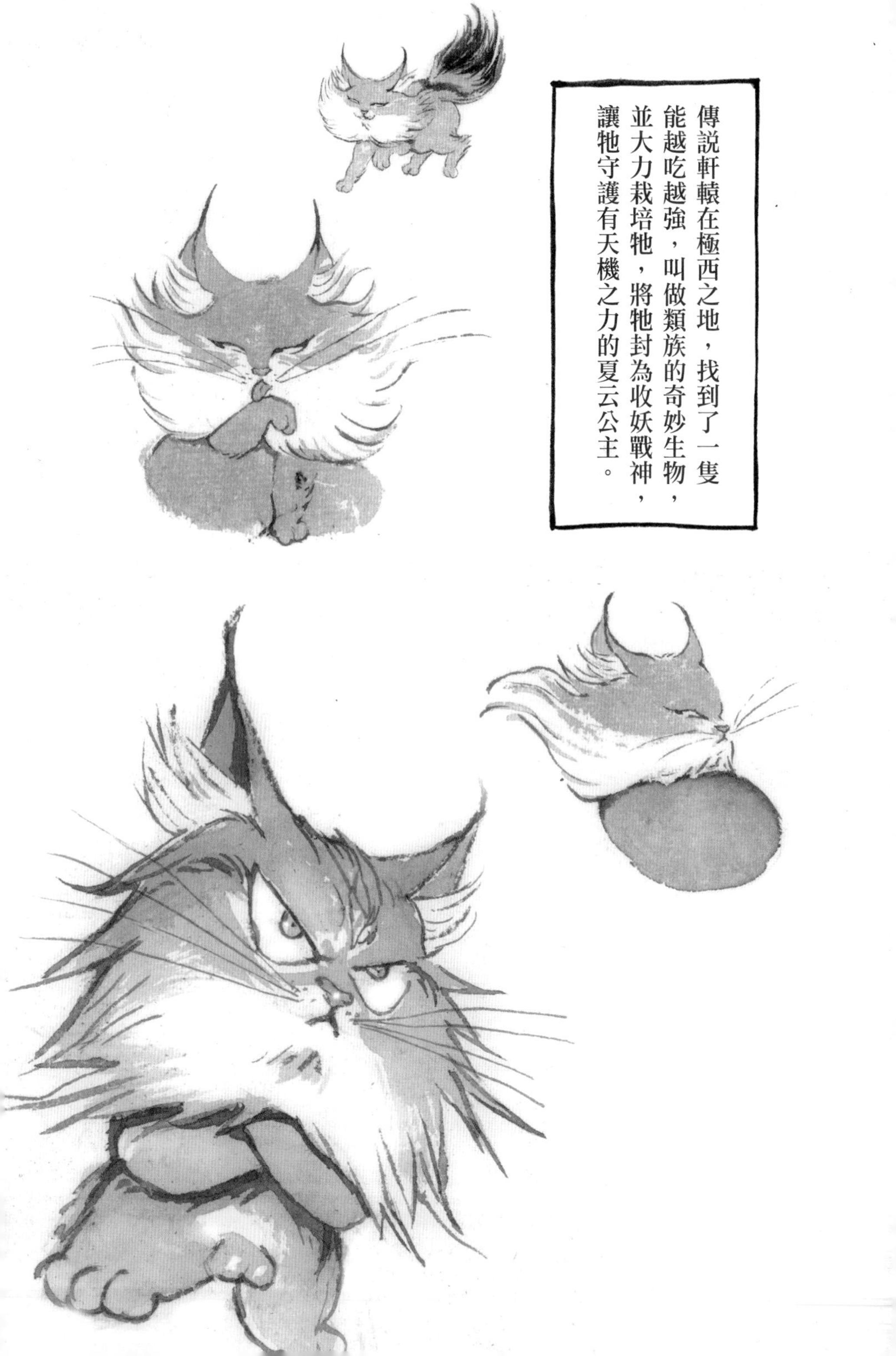
傳說軒轅在極西之地，找到了一隻能越吃越強，叫做類族的奇妙生物，並大力栽培牠，將牠封為收妖戰神，讓牠守護有天機之力的夏云公主。

然而軒轅並不知道，這一切都在渾沌的控制之下……
他以為自己憑意志擺脫了渾沌的操控，卻只是陷入了我預設的圈套……
就和你一樣……衝一發。
當年的軒轅，就和你一樣，一心以為自己可以拯救一切，但其實從頭到尾都被操控著。

真正厲害的心靈操控，是讓被控制的人，根本感覺不到被操控著。
好比當年的軒轅、現在的你。
一切……都如我所料。誰叫你們都想當英雄呢？

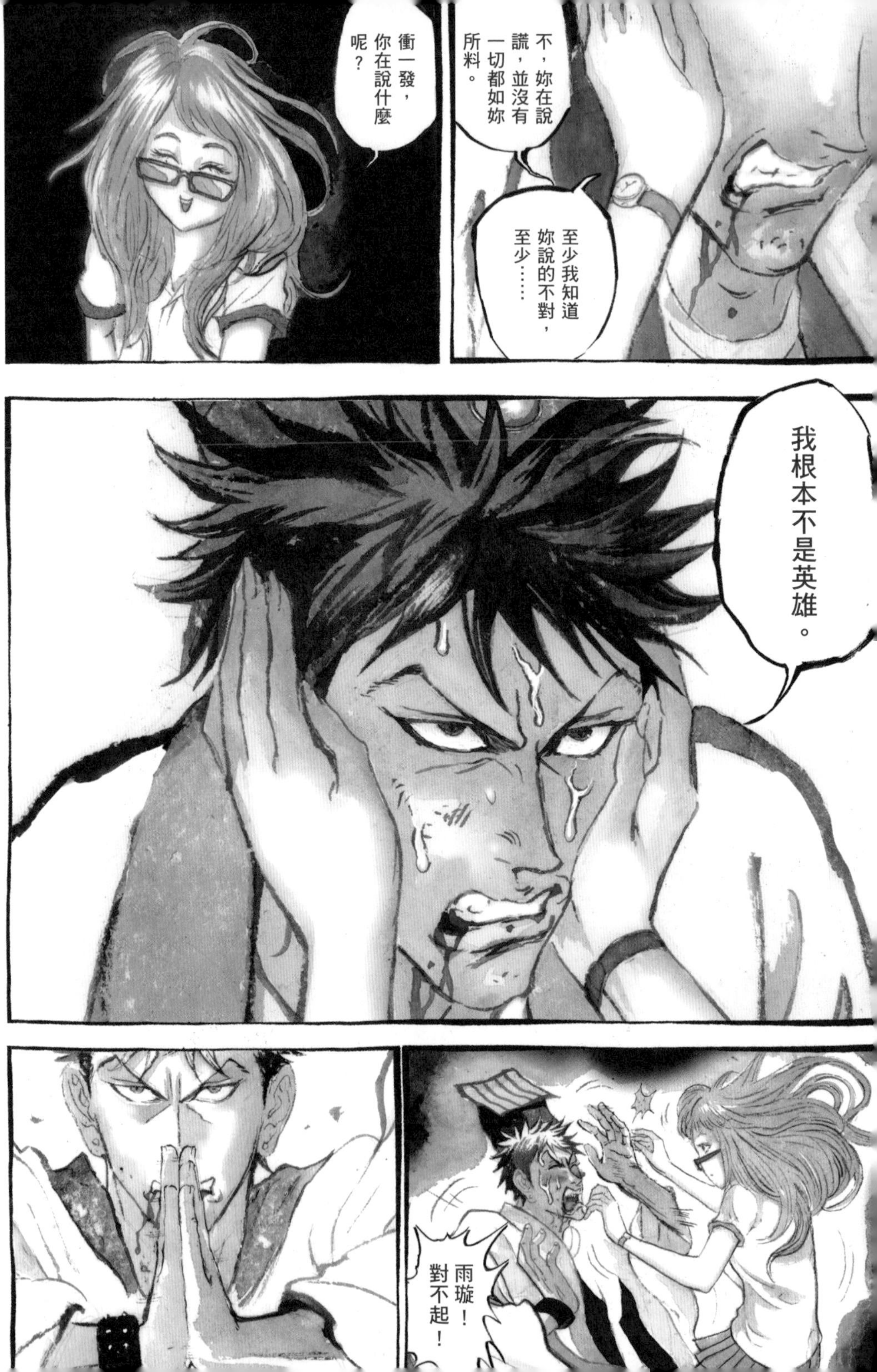
不，妳在說謊，並沒有一切都如妳所料。
至少我知道妳說的不對，至少……
衝一發，你在說什麼呢？
我根本不是英雄。
雨璇！對不起！

不管是哪個神都好，快來救救我吧！
聽到了，淼～

什麼？
颯—

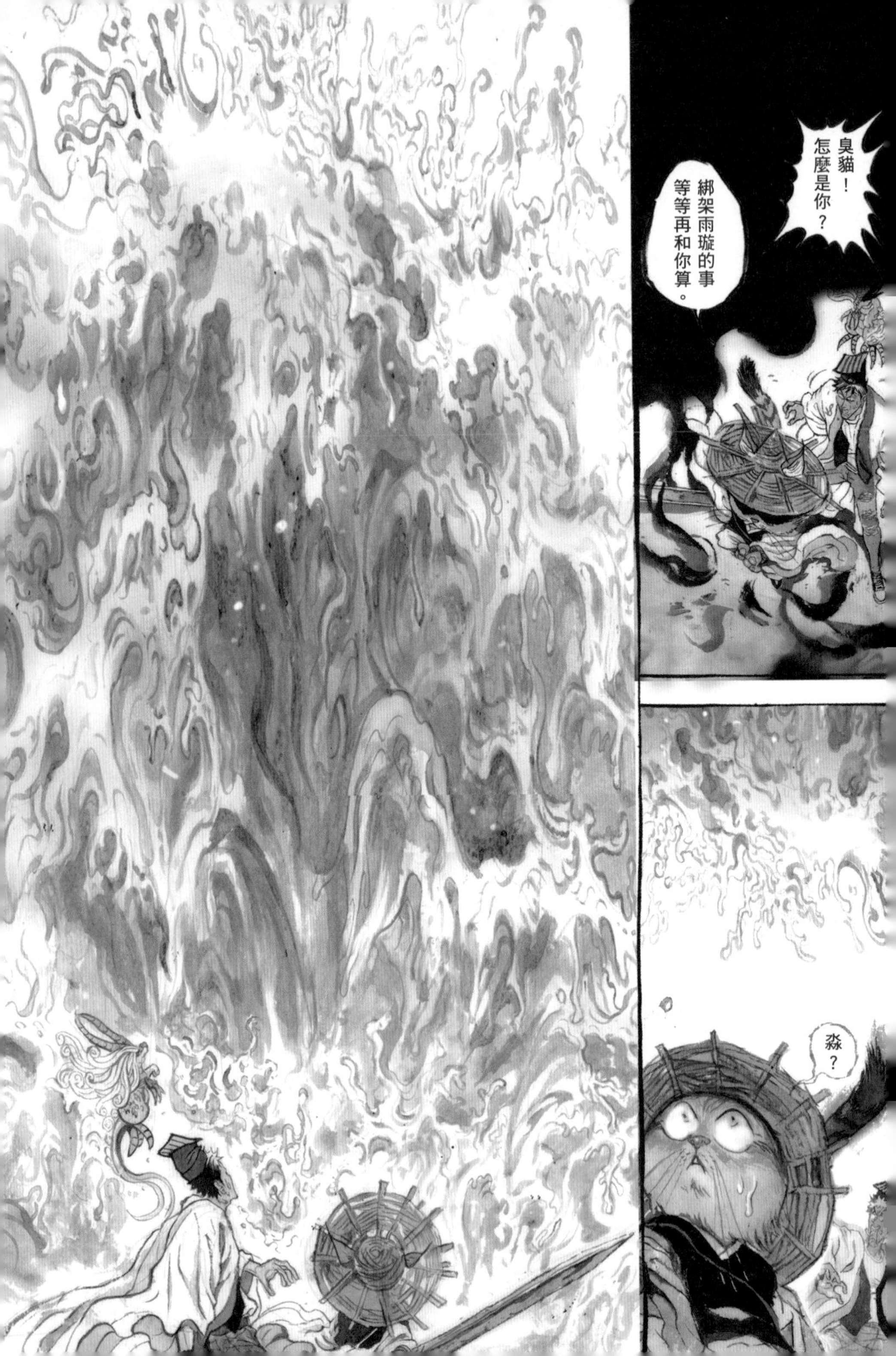
臭貓！怎麼是你？
綁架雨璇的事等等再和你算。
淼？

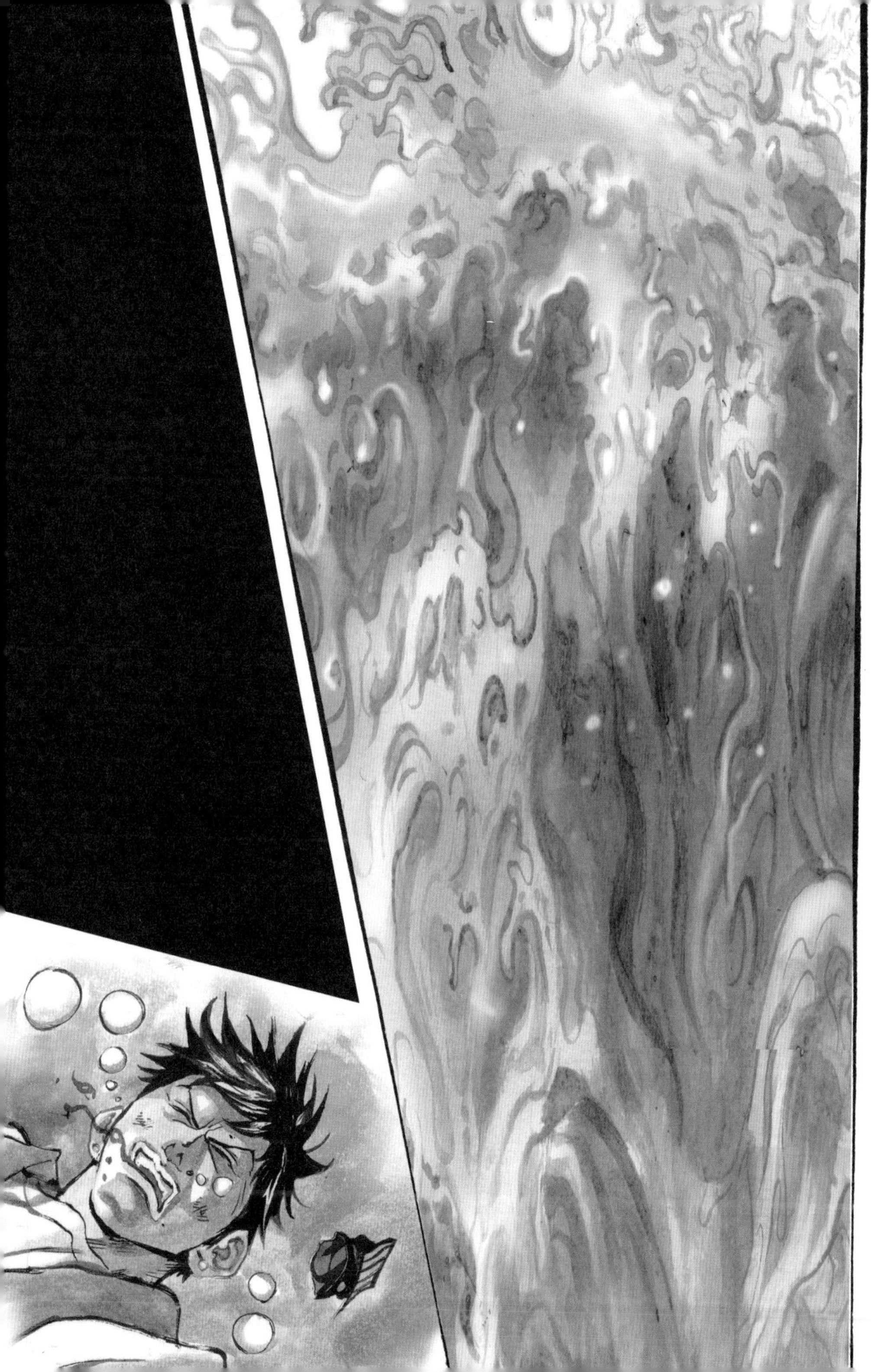

糟了……
我是旱鴨子
……
貅？
原來連妳也
不會游泳？
哈哈……
不會游泳
算什麼神族嘛
……

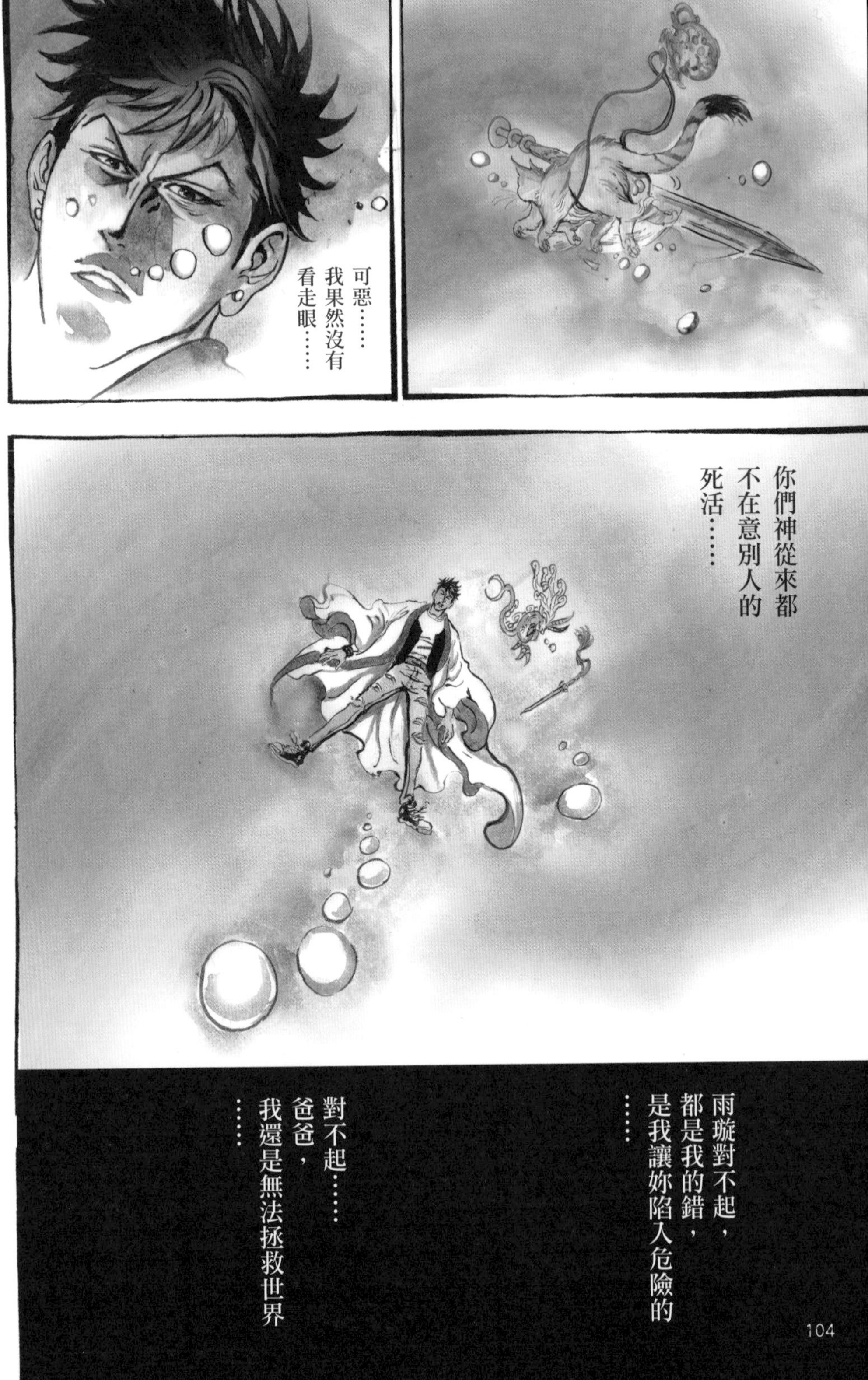
可惡……我果然沒有看走眼……
你們神從來都不在意別人的死活……
雨璇對不起，都是我的錯，是我讓妳陷入危險的……
對不起……爸爸，我還是無法拯救世界……

雨璇！
雨璇呢！
再不找到雨璇，
渾沌就會……
動作都變慢！
好沉重的水壓，
就像沼澤一樣……
這不是一般的水……
莫非……？

轟

那是……如意逗貓棒？不……
定海神針！
好身手！看來你的力量增強不少呢！

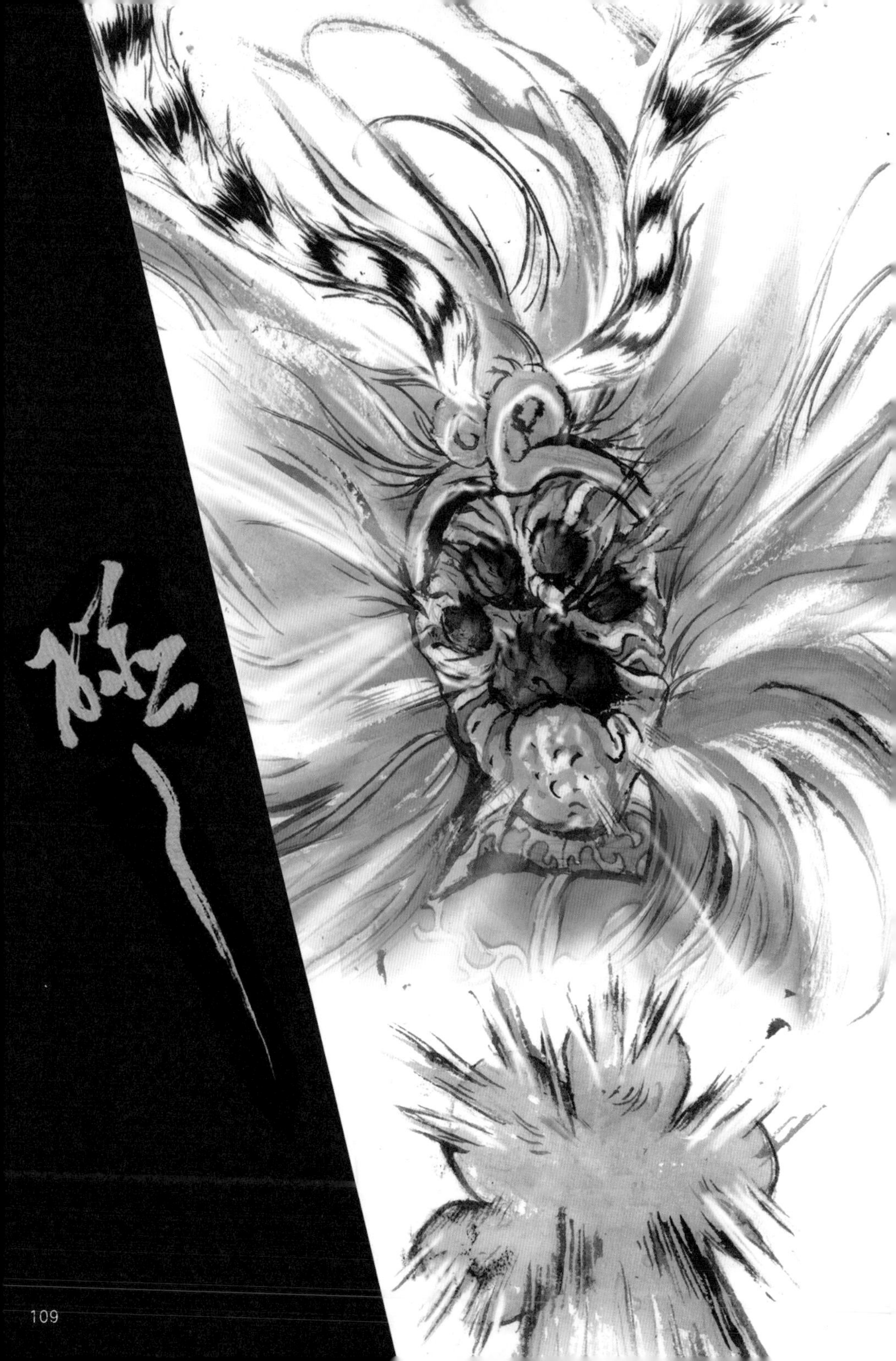

鬥戰勝佛……不，墮神巫支祈，
把雨璇給我交出來！

你就像那個大禹的後代一樣，讓所有人因你陷入危險……猞猁……

巫支祈

原為天庭的戰神，號鬥戰勝佛，
因為被渾沌控制而化為墮神巫支祈。
傳說中為淮水水神，
《山海經》記載：
「其形若猿猴，金目雪牙，
輕利倏忽。」
大禹治水時，巫支祈作惡，
被禹擊敗，鎖於淮井之中，
這就是著名《禹王鎖蛟》的故事，
從此淮水邊也有了著名的「支祈井」

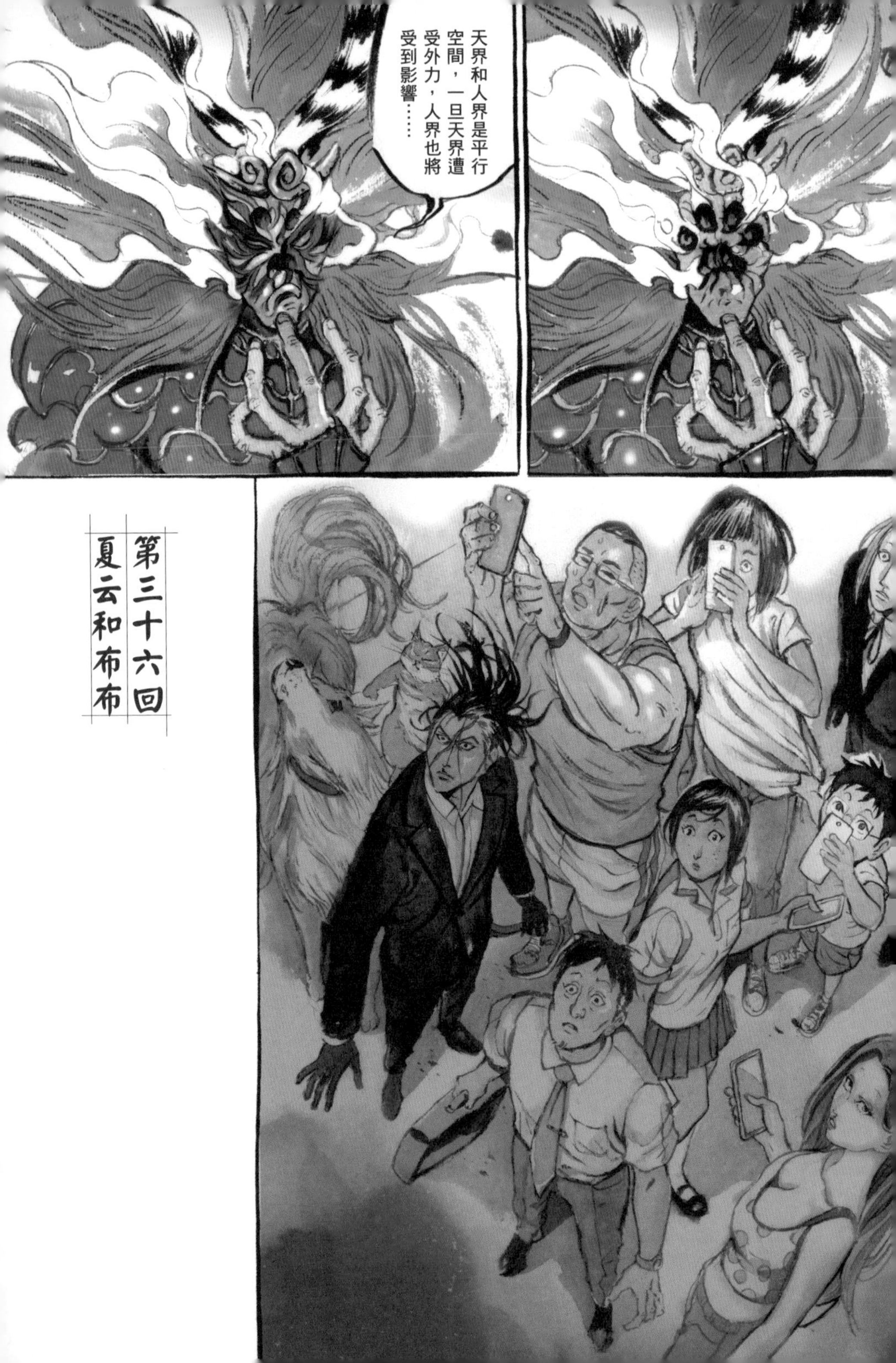

天界和人界是平行空間，一旦天界遭受外力，人界也將受到影響……

第三十六回 夏云和布布

哄—

由定海神針來操控共工的獄水術……
在你找到那個繼承夏云的女孩前，世界早已被海水所吞沒，吱吱吱……

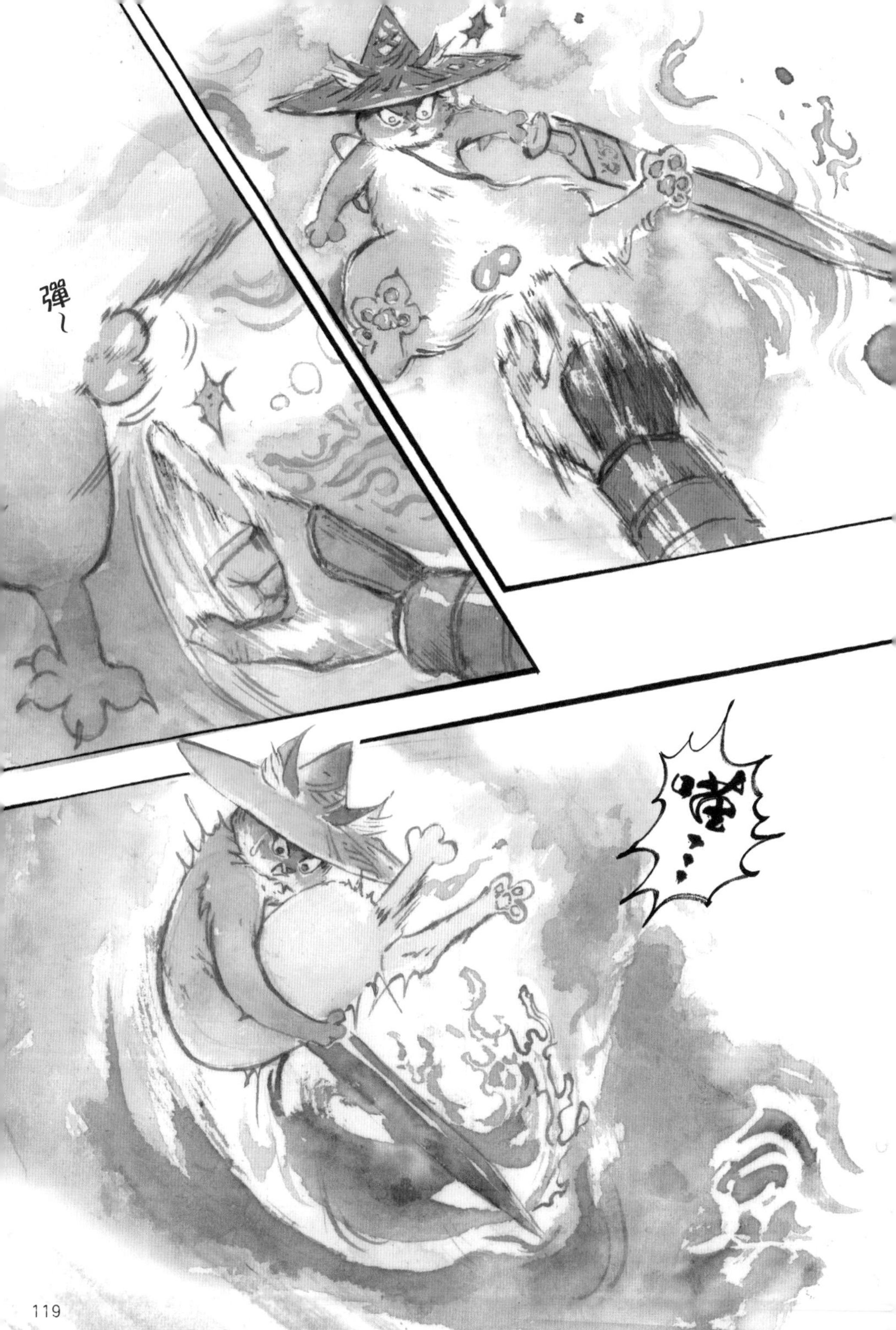
彈～
嗟…

吱吱吱……
哎呀呀呀，看看我找到了什麼……
！
伏魔塔！？

喵喵淼喵！
想要就過來拿啊！
在這裡唷～咕嘰～咕嘰～
喵淼！
手太短抓不到嗎？吱吱吱吱吱～～～

森喵！
可惡！
要把心靜下來！
不能被影響……

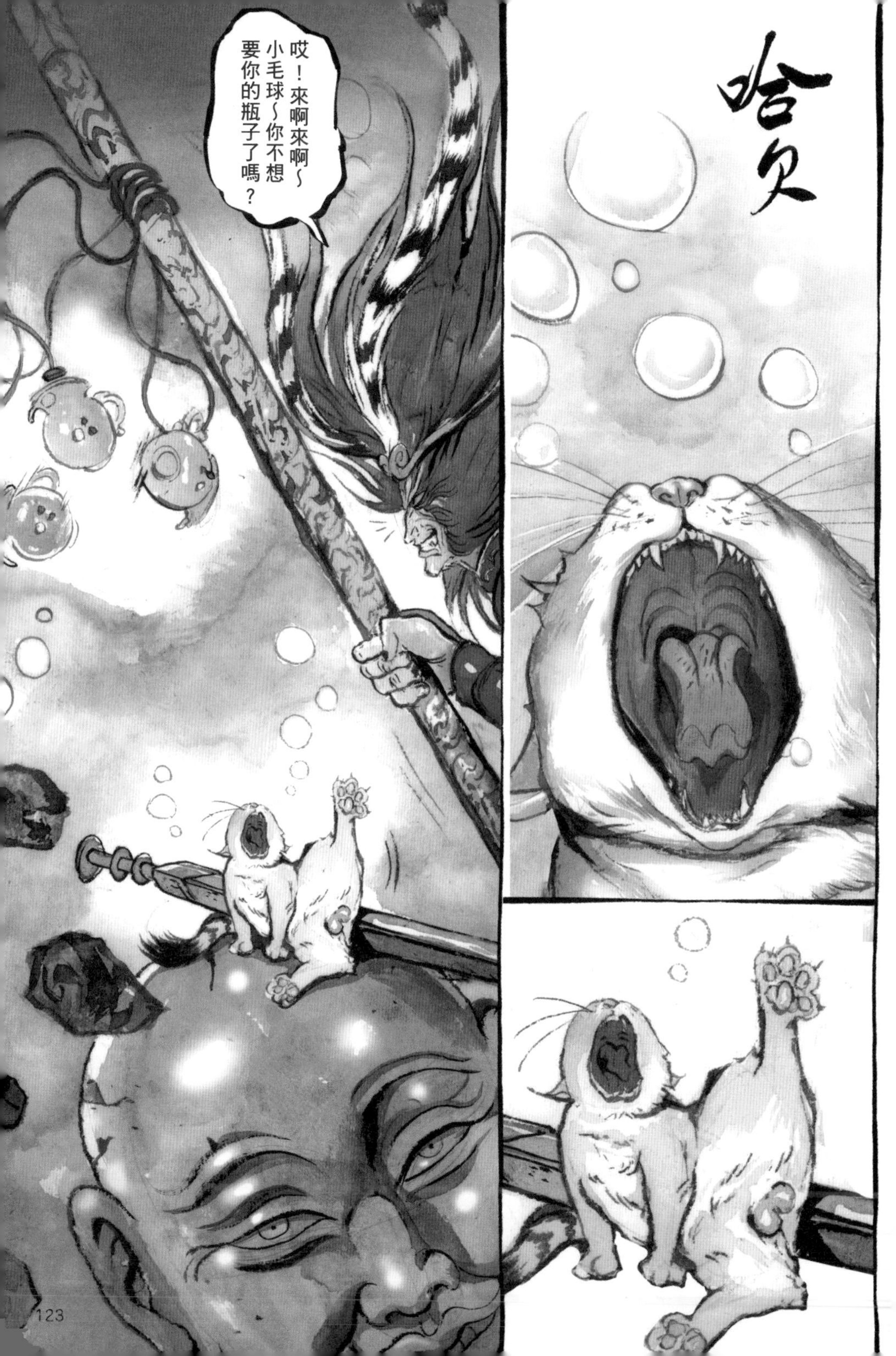
哎！來啊來啊～小毛球～你不想要你的瓶子了嗎？
哈欠

什麼!?
這是……

颯

為什麼？伏魔塔明明就在我手上，你卻能吸收我的力量？

伏魔塔？那只不過是師父的玩具罷了！
師父無聊的時候老是喜歡躲在裡面……
南無阿彌陀佛……
因為師父的種族類族只能吃神靈，黃帝只好為師父打造出伏魔塔來吸收妖魔的力量……

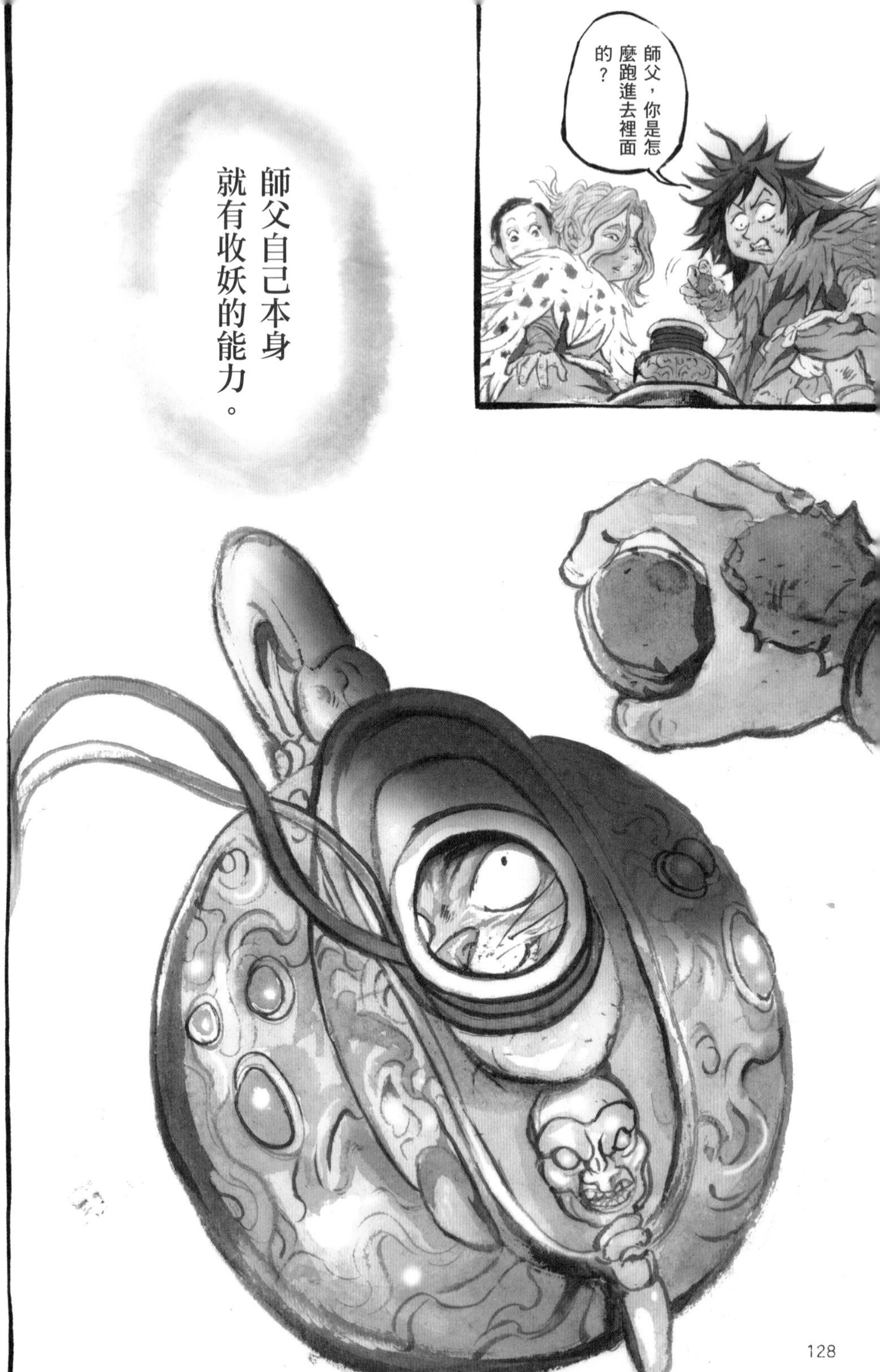
師父，你是怎麼跑進去裡面的？
師父自己本身就有收妖的能力。

我身上的人體伏魔塔，就是依據師父的身體為概念所打造的。
師父之前的力量之所以那麼弱，是因為他把所有的妖力都吸到伏魔塔裡了……真的是隻笨貓。
雨璇、爸爸，對不起……
……

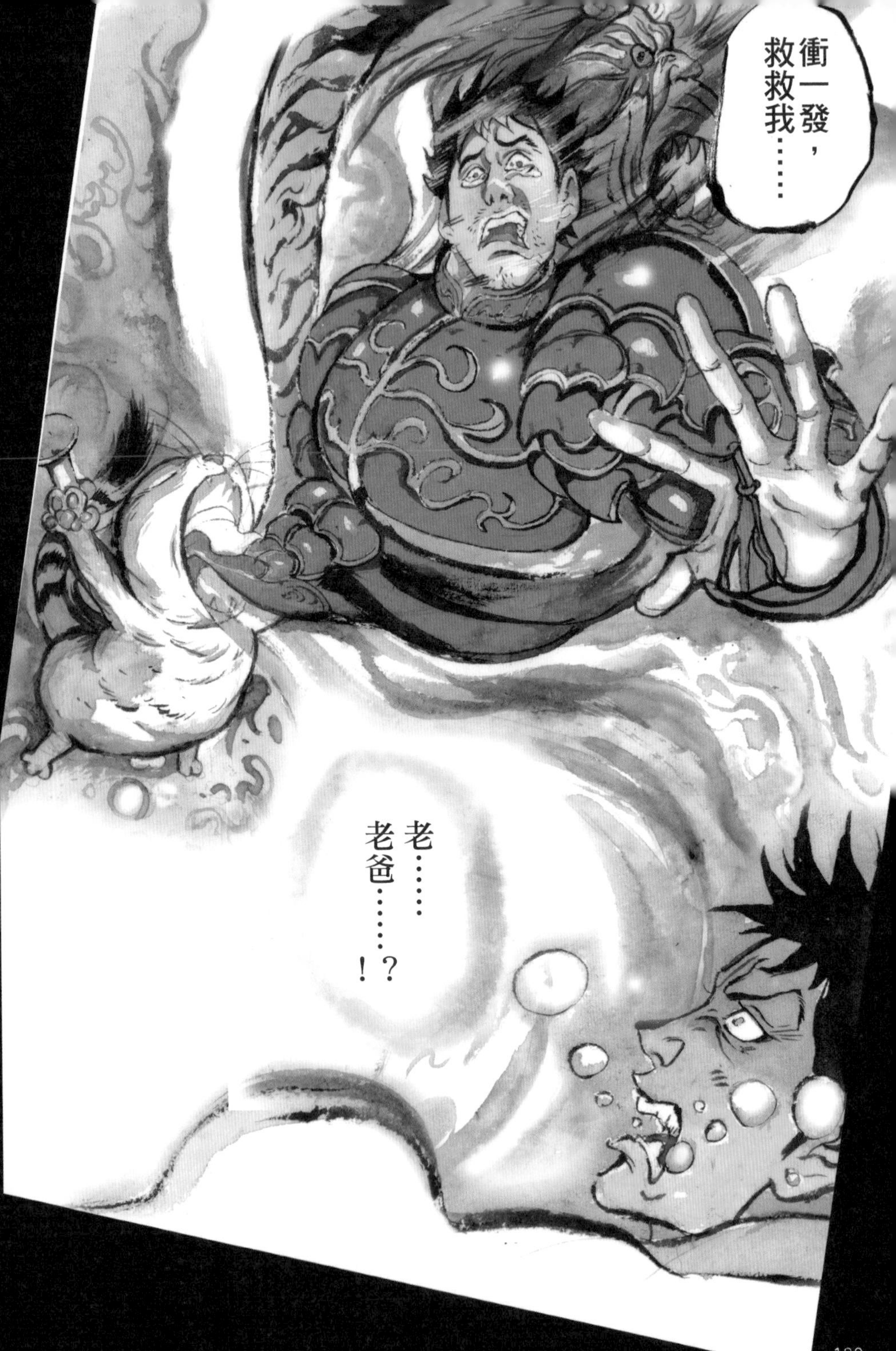
衝一發，救救我……
老……老爸……！？

快依指示避難，洪水就要來了！
修，巴蛇跟蜃龍快撐不住了！

唷！這不是將我地族同胞吞噬的蚩尤一族嗎？
尤烈族長……這就是人類的末日了嗎？

海分開了！

那是一隻貓！
颯─

淼！
颯

臭貓！
把我爸吐出來！
衝一發！快點醒醒！不要被渾沌操控了！

颯
喵！

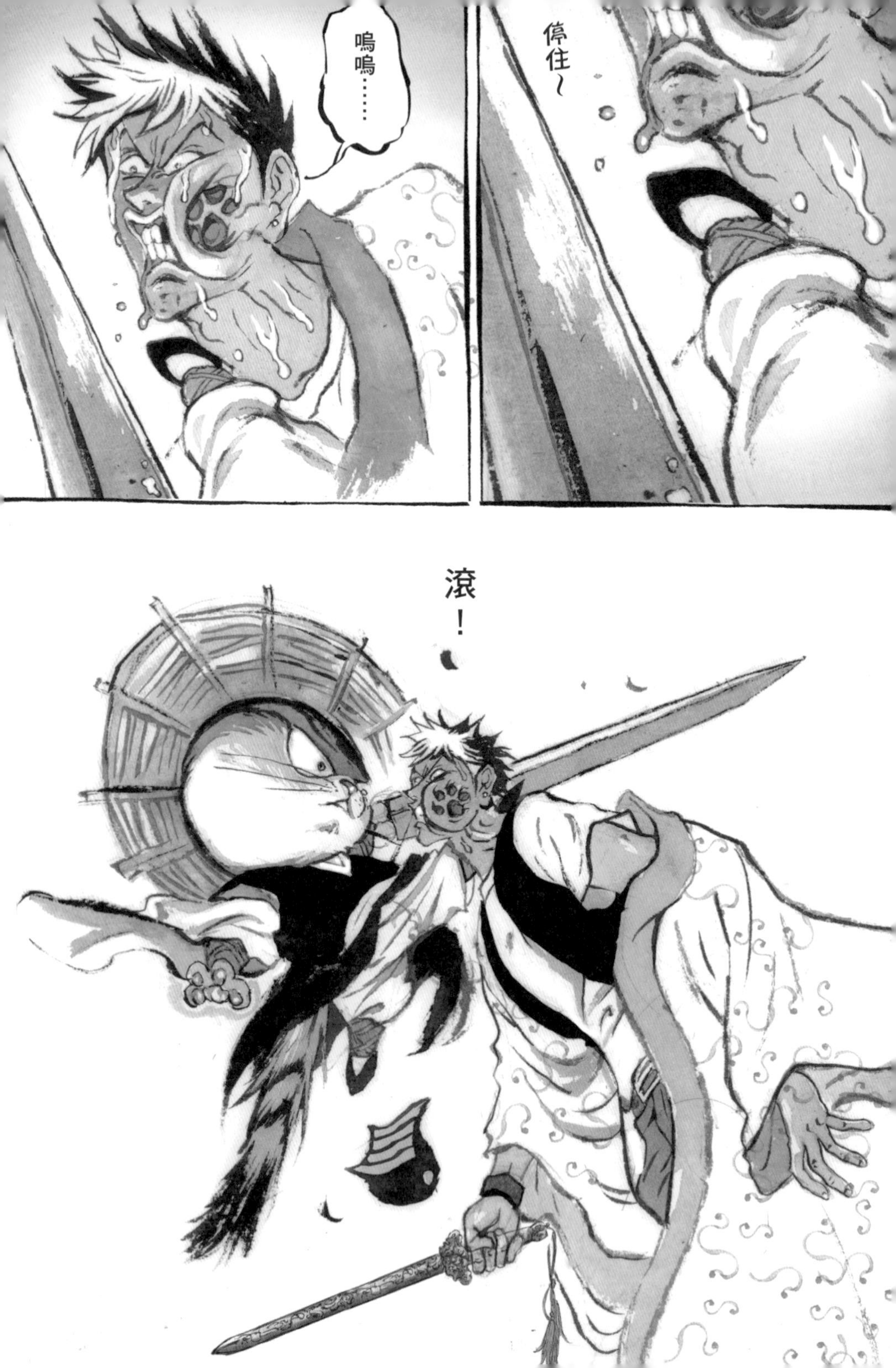

嗚嗚……
停住~
滾！

這一切全都是你搞的。
老司機道士流！
咻
傻眼貓咪劍！

夏云……
妳是夏云嗎？
雨璇……
辛苦妳了。
盤古天帝創造了我們，
擁有天界之鑰能力
的女魃天女……
這是我們的使命
阻止渾沌消滅
萬物生靈……
將所有的力量
回歸和平……

並將我交由天地人三族領袖保護著……

然而身為神族領袖的軒轅黃帝，卻為了對權力的私慾，被渾沌操控……讓世界陷入魔道之中。

黃帝為了將地族的妖力納
為己有，創造了伏魔塔……
利用猞猁吞納妖魔，

並用造化玉簡篡改
歷史與記憶，刪除
屠戮各族的真相
……

從我出生以來，我就知道了，我只是……計畫裡的一只棋子而已……
我從來都沒有選擇，
沒有追求自己人生的選擇……

布布也和我一樣，沒有任何選擇。
不是布布自己想做收妖戰神的，如果能選擇自己的人生，誰會希望背負如此龐大的罪孽……為了殺妖魔而活？
夏云，為什麼妳要打開伏魔塔……
為什麼妳不讓我繼續保護妳？

我希望布布自由。

不為保護別人而活，
我希望他能為自己
活一次。

如果我不能摧毀
伏魔塔的力量，
不如就釋放它吧。

吁
吁
吁
少說大話了！臭貓！你還不是利用雨璇來贖罪！
我只用劍保護我身邊的人。
第三十七回 貓咪斬破黑暗！
如果雨璇不是天界之鑰，不是天女夏云的轉世，你還會在乎她的死活嗎？
……你們神明從來就不管別人，不救人就算了，還殺人……
仗著自己的力量比較大，就要世人臣服……憑什麼狗眼看人低！

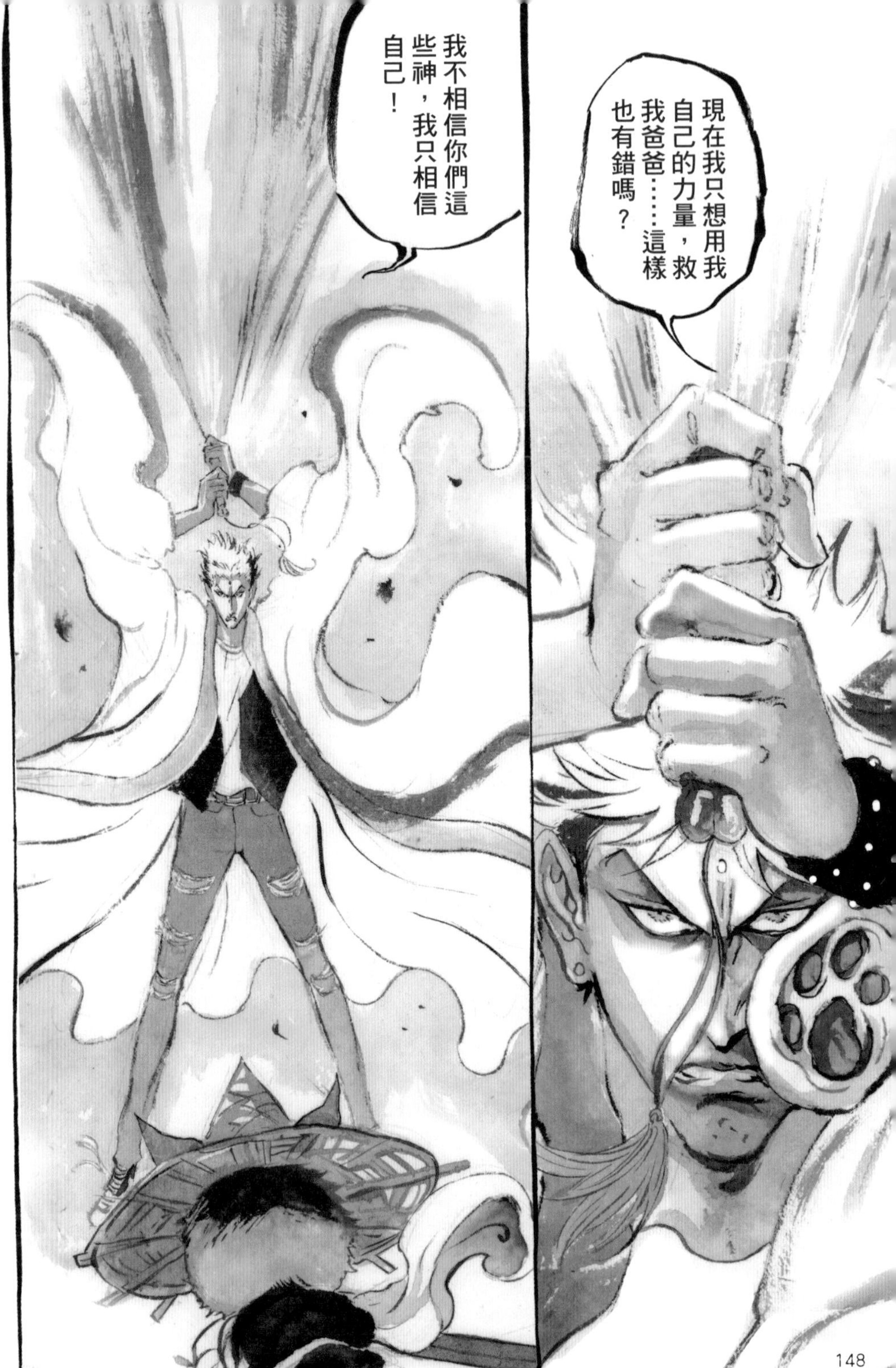
現在我只想用我自己的力量，救我爸爸……這樣也有錯嗎？
我不相信你們這些神，我只相信自己！

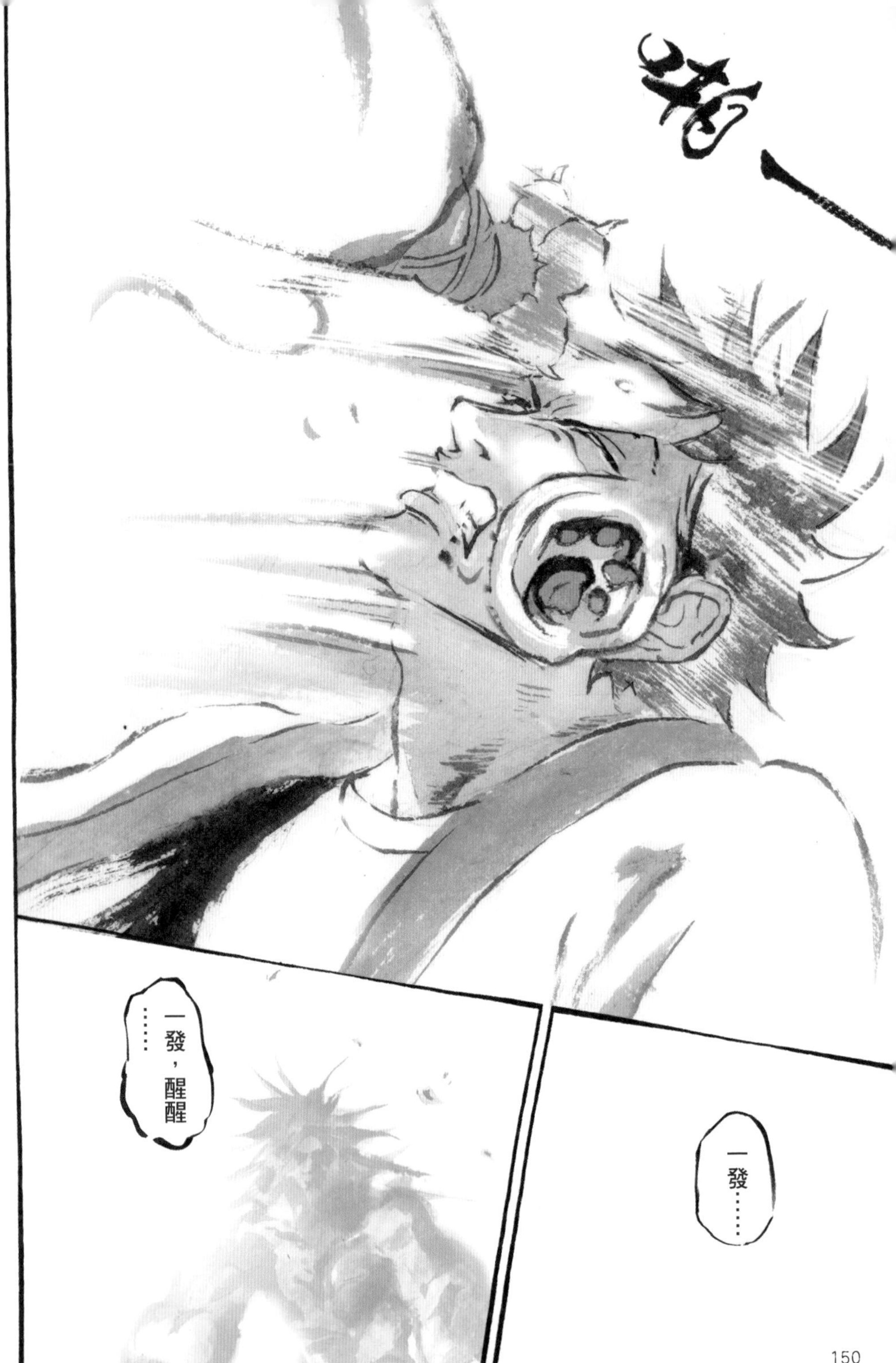
一發……
一發，醒醒……

一發！你醒了！真是太好了！
老爸！？
老爸！你還活著，我就知道你沒那麼容易死的……
真是太好了！

一發……
哭哭羞羞臉～
臭小鬼！你怎麼也在這？
你們是誰？這裡是哪裡？

他們是奢比屍，也就是你們所說的神靈……
這裡是布布的肚子裡唷！
猞猁……他用肚子保護我們，保護沒有家的我們……我們以前也是神。
你們是！？

你是聖誕老公公？還是肯德基爺爺？
你好～我是福德正神……
妳就是林默娘？林默娘原來長這麼胖！？
我是媽祖……
老夫乃關聖帝君！
這些都是我小時候拜的神……
還有別忘了你鯀仙道的列祖列宗。
我只是想去外面玩嘛！畢竟我在這睡了這麼久……
嘿嘿～
所以你明明知道神靈都在臺灣，還帶著尤烈和那隻臭貓環遊世界？

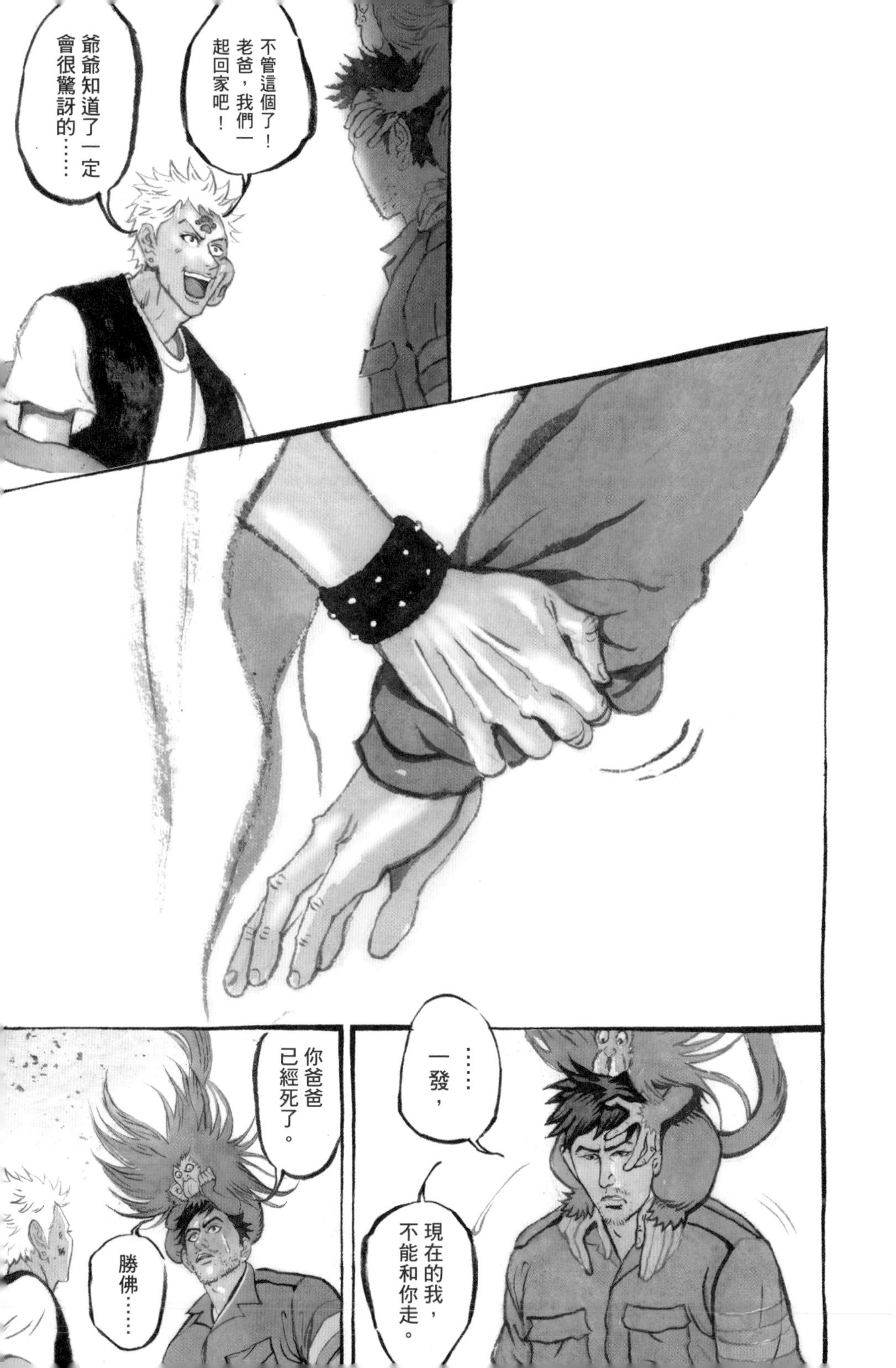
不管這個了！老爸，我們一起回家吧！
爺爺知道了一定會很驚訝的……
……一發，
現在的我，不能和你走。
你爸爸已經死了。
勝佛……

他和我融合之後，一樣變成了奢比屍，只有住在這裡才能保持清醒。

開什麼玩笑……
為什麼……我那麼努力到這裡，卻還是救不了你……
一發，別哭了，過來和我們一起……

祈禱吧。

睡吧，蘇仙道的傳人。
師父，現在他也在你的劍圍之中了。

用劍保護
我身邊的人。
保護夏云、
保護雨璇……
以及全部曾待
在我身邊的生命。

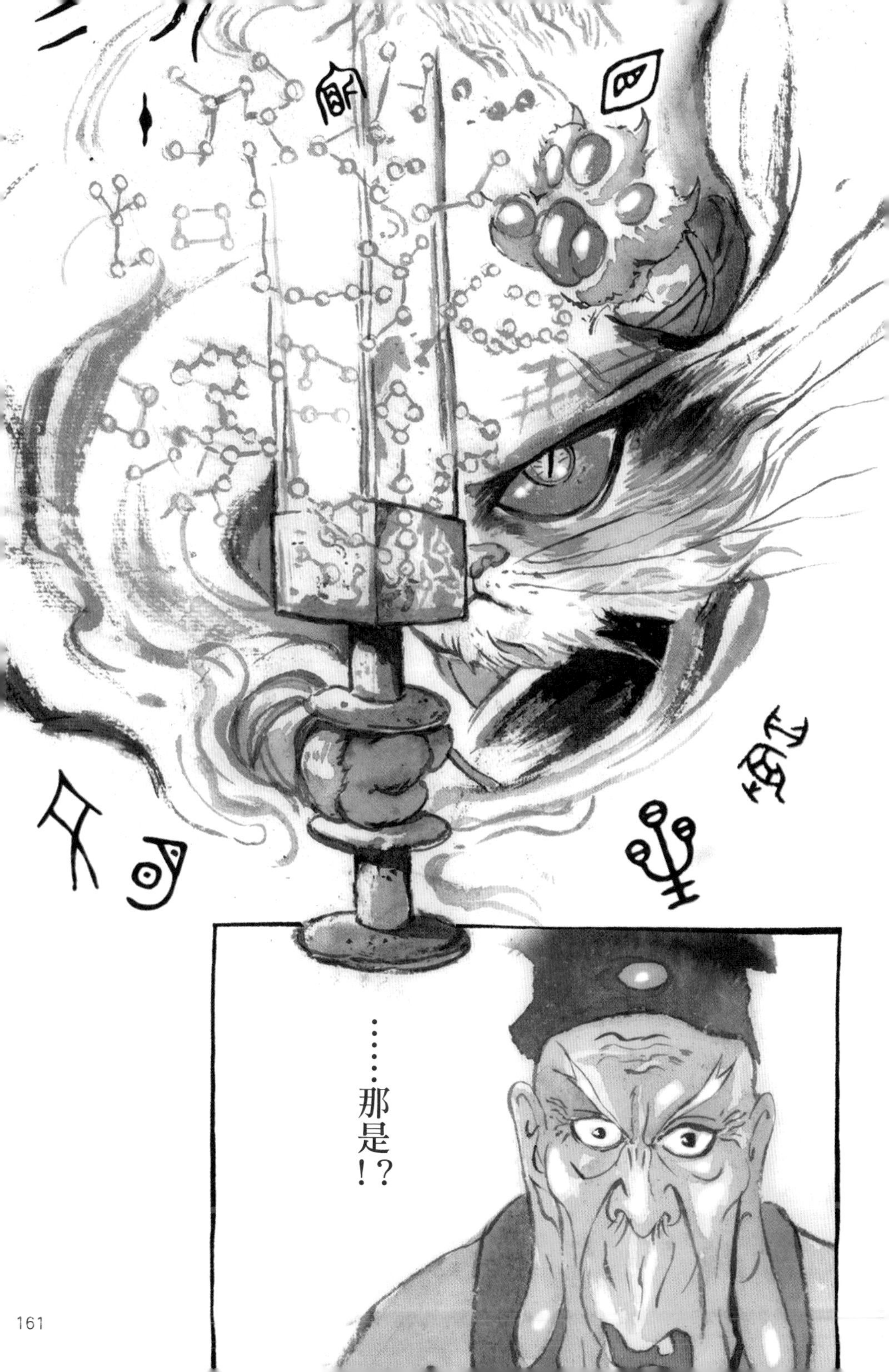
……那是!?

小烈，幫我一把。

二十八宿面文明星晨，背記山川，藏之會稽山……
那是我族先祖夏禹所造的神劍……我之前都沒發現……

竟然在我們壓制洪水的時後襲擊……
九棘……千萬別死啊……

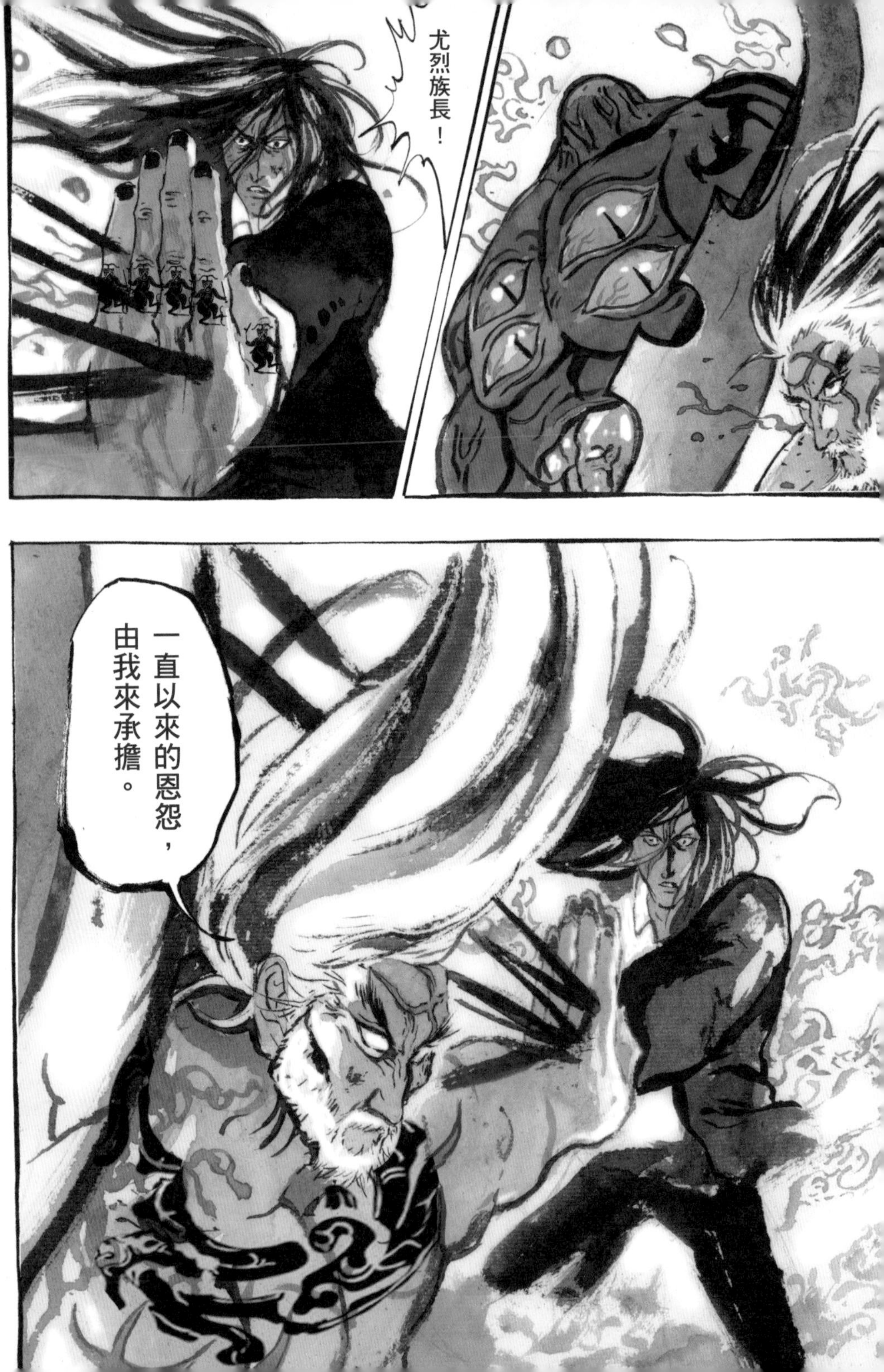
尤烈族長！
一直以來的恩怨，
由我來承擔。

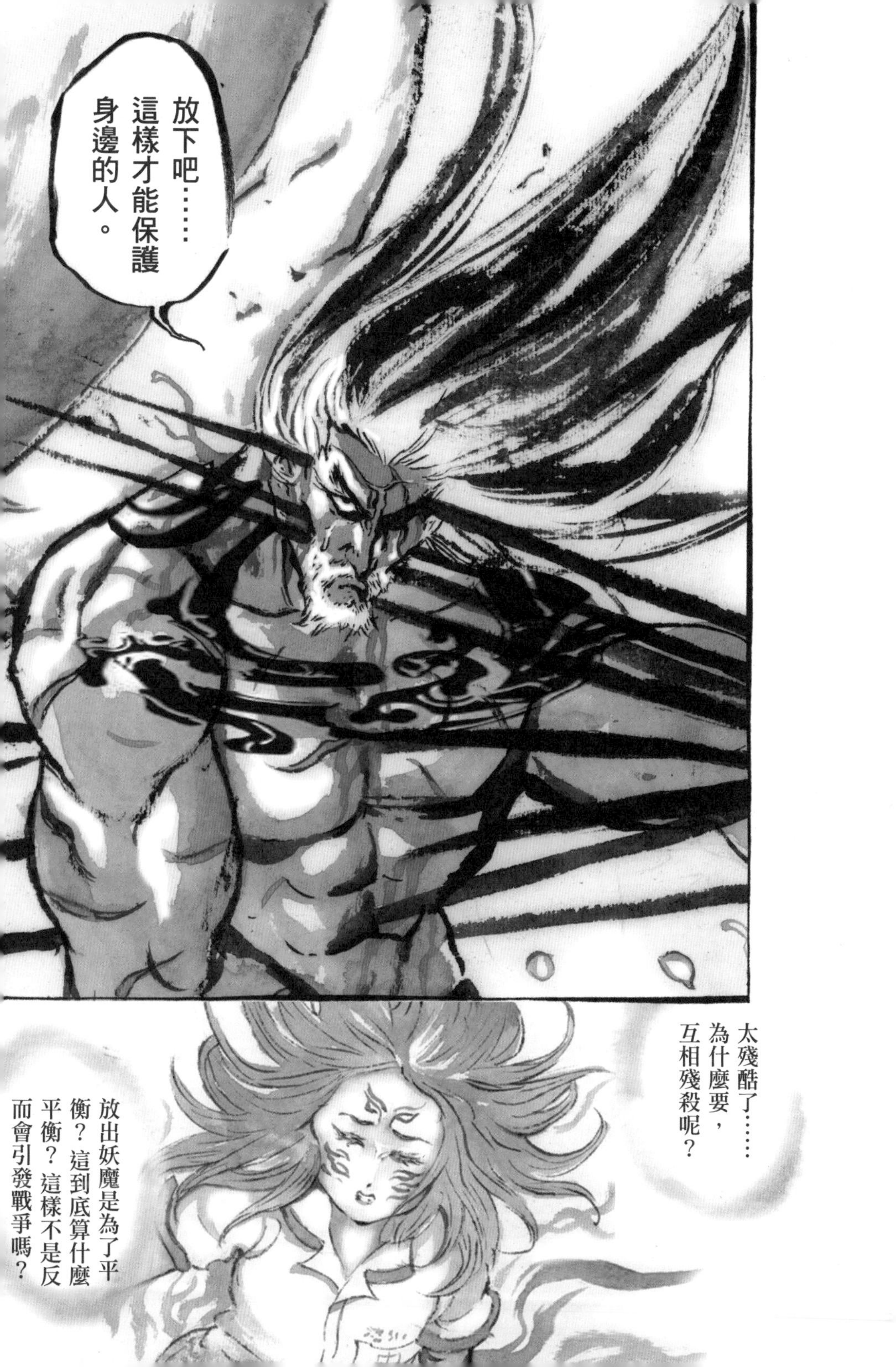
放下吧……這樣才能保護身邊的人。
太殘酷了……為什麼要，互相殘殺呢？
放出妖魔是為了平衡？這到底算什麼平衡？這樣不是反而會引發戰爭嗎？

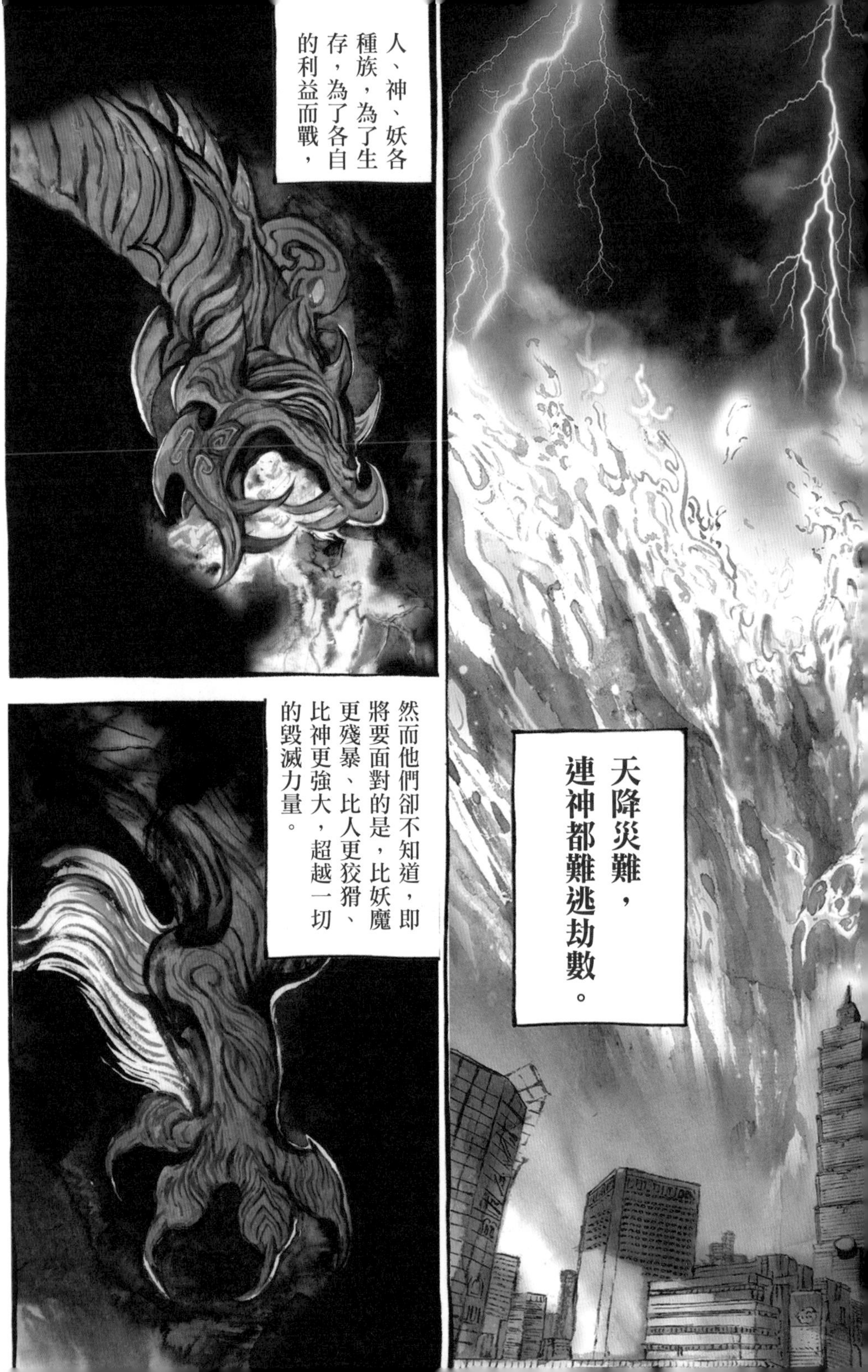

天降災難，
連神都難逃劫數。
人、神、妖各種族，為了生存，為了各自的利益而戰，
然而他們卻不知道，即將要面對的是，比妖魔更殘暴、比人更狡猾、比神更強大，超越一切的毀滅力量。

猞猁……
黃帝!?

太遲了唷~小奶貓，天機媽媽已經甦醒了喔。
猞猁啊……殺戮、戰爭與死亡，自己要求的，這些都是他們是在完成他們的願望。我只不過

多虧了黃帝的幫忙，大家都將回到我萬物之母的身體中了呢！

咾！

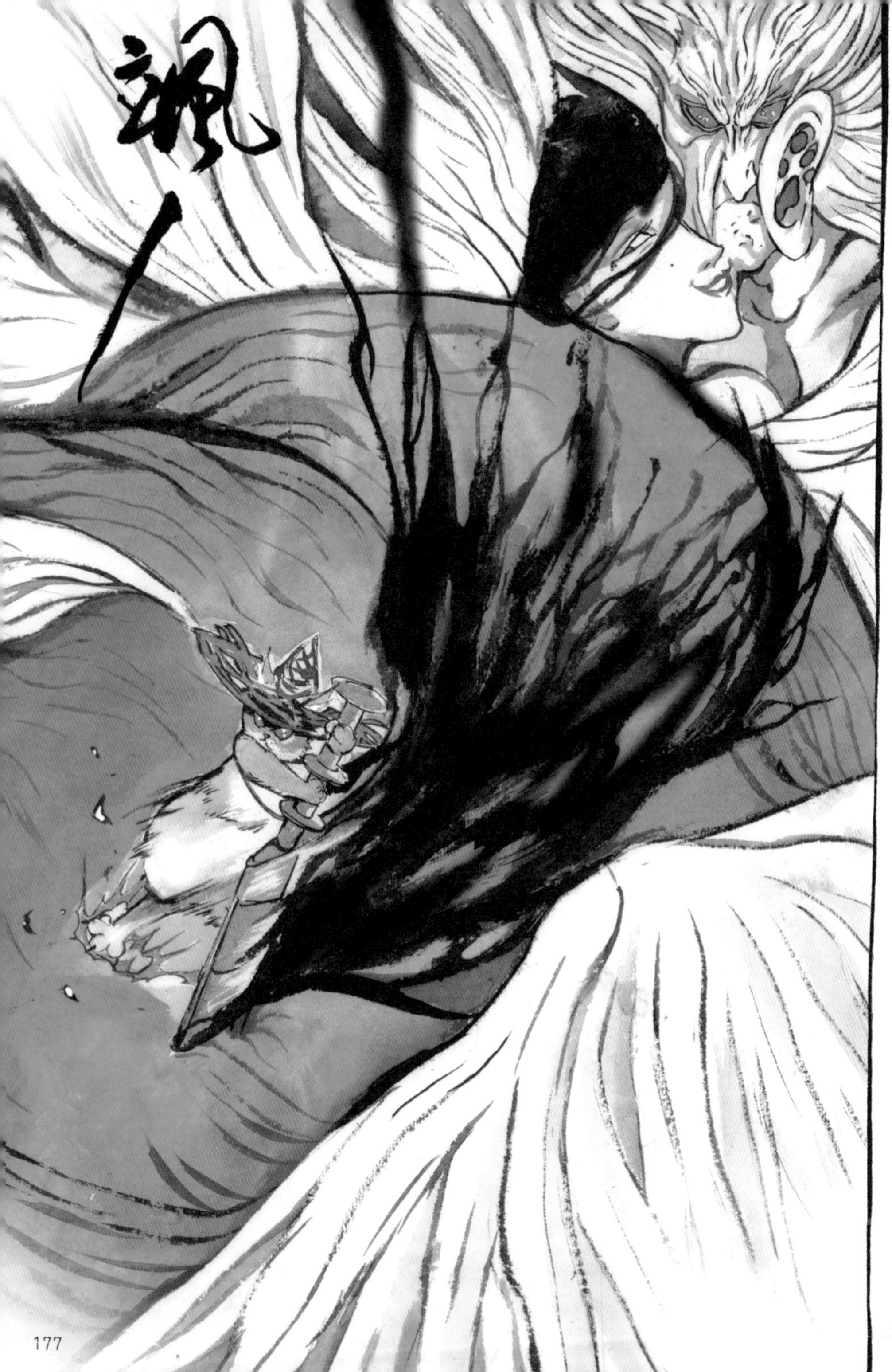

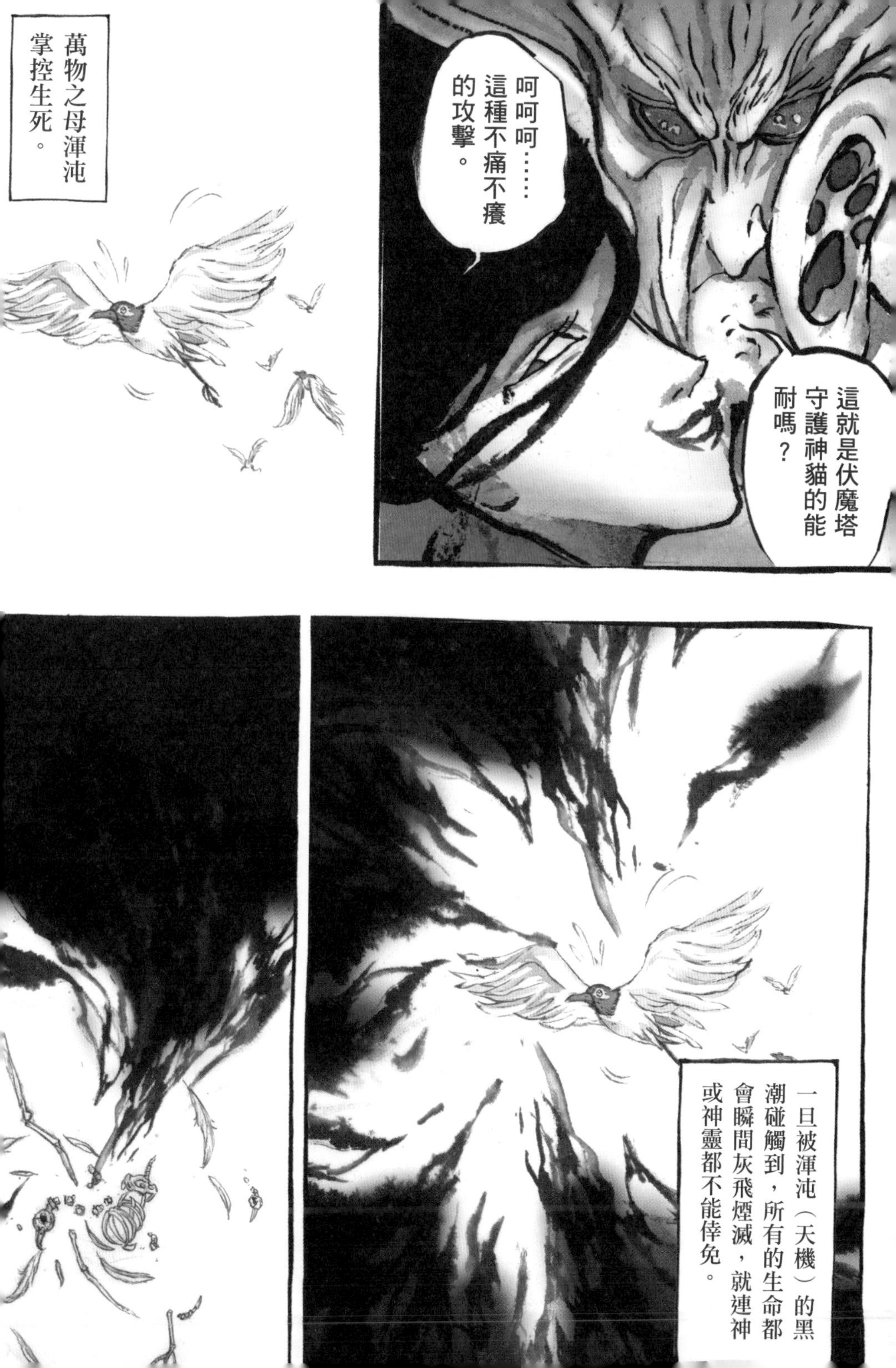
這就是伏魔塔守護神貓的能耐嗎？
呵呵呵……這種不痛不癢的攻擊。
萬物之母渾沌掌控生死。
一旦被渾沌（天機）的黑潮碰觸到，所有的生命都會瞬間灰飛煙滅，就連神或神靈都不能倖免。

轟

別忘了還有我！老司機道士流降妖術士衝一發！
殺了他軒轅。
哇啊啊啊～～～！

鯨仙道秘傳
玄武光明劍
臭貓！交給你了！
斬破黑暗！

神族祖先盤古在死之前，將渾沌的力量封印在炎帝女兒夏云的身體中，
但其實盤古大帝早就做好天機被人打開的準備……

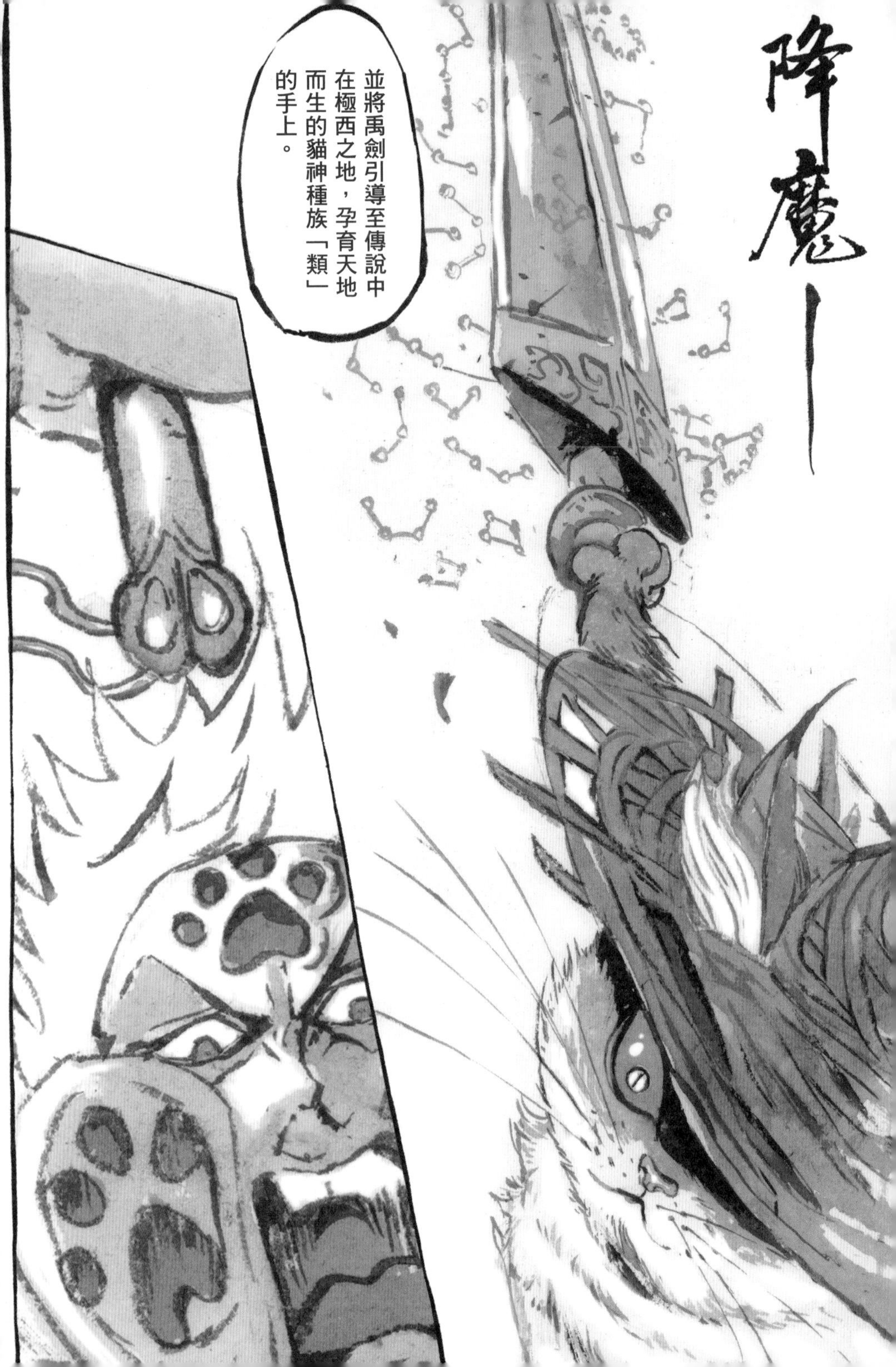
降魔——
並將禹劍引導至傳說中在極西之地，孕育天地而生的貓神種族「類」的手上。

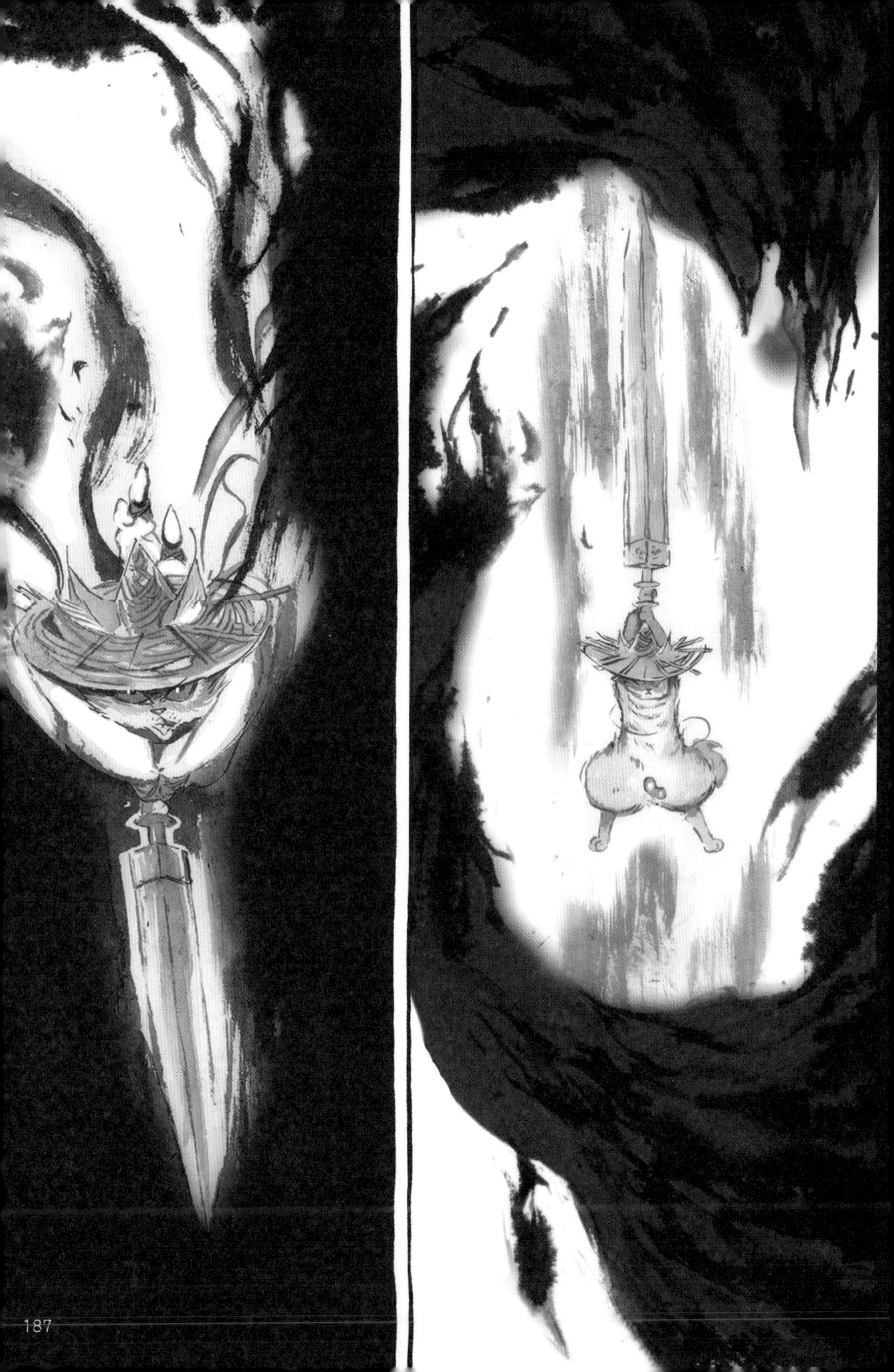

第三十八回 猞猁布布

洪水隨著渾沌的黑潮消退了……
人類、神族、妖魔，沒有任何人可以剝奪別的種族的生存權力。
妖魔的血性與憤怒都是因為戰爭與貪婪所造成的。
如果換做是我被人這樣玩弄……我也會生氣，渾沌正是這樣將我們玩弄於股掌之間。

謝謝你。
呵呵，你這傢伙也有可愛的一面嘛～
連神都在拜的貓……拿著劍的貓神嗎？
但我的臉被你打成這樣，別以為我會原諒你。
衝一發……天界之鑰……女魃天女可以看到別人在想什麼。
咕嚕嚕嚕～～

因為我還是高中生，現在希望以課業為重，目前還沒有交男朋友的打算……
不過……感覺你也滿喜歡貓咪的……
如果你有空，我寒假會帶大橘子去動物之家做志工，你要不要跟我一起去呢？

雨璇將黃帝利用布布創造伏魔塔，藉此稱霸世間的真相，以及渾沌操控人神妖的陰謀告訴了布布。
沒錯……我最喜歡貓咪了……
夏云她竟然……為了我……
過來！給一發哥親一個～～
可惡！臭貓竟然敢抓我！
!!

伏魔塔！就讓這些罪惡從世界上消失吧！
布布放走了伏魔塔所有的妖魔，並將伏魔塔劈成了兩半。
完成夏云的遺志，也讓黃帝造就的罪惡從世上消失。

臉上的傷口已經都消腫了。
雖然頭蓋骨因為被重物重擊而變形凹陷，但卻因為腦太小沒有受到損傷……
不過這個疤可能會跟著你一輩子喔！
森～
哈哈哈哈～
布布？

話說回來……
那是一場夢嗎？
爸爸，我的祖先……
真的都在那隻臭貓
的身體裡嗎？

或許那隻貓……
從古至今一直默默
在守護人類……
卻沒人知道？

衝一發，你和羽蘭還真的有點像呢～
但是你不喜歡貓……
就算你只相信自己也無所謂，神靈無所不在……
衝羽蘭？
他們會在你身邊保護你。

衝一發，雨璇就交給你照顧了。
布布，你還是要走嗎……
交給我照顧……
不為保護別人而活，我希望他能為自己活一次。
我要繼續去旅行。
用我的劍守護更多需要幫助的人。

第一部　完。

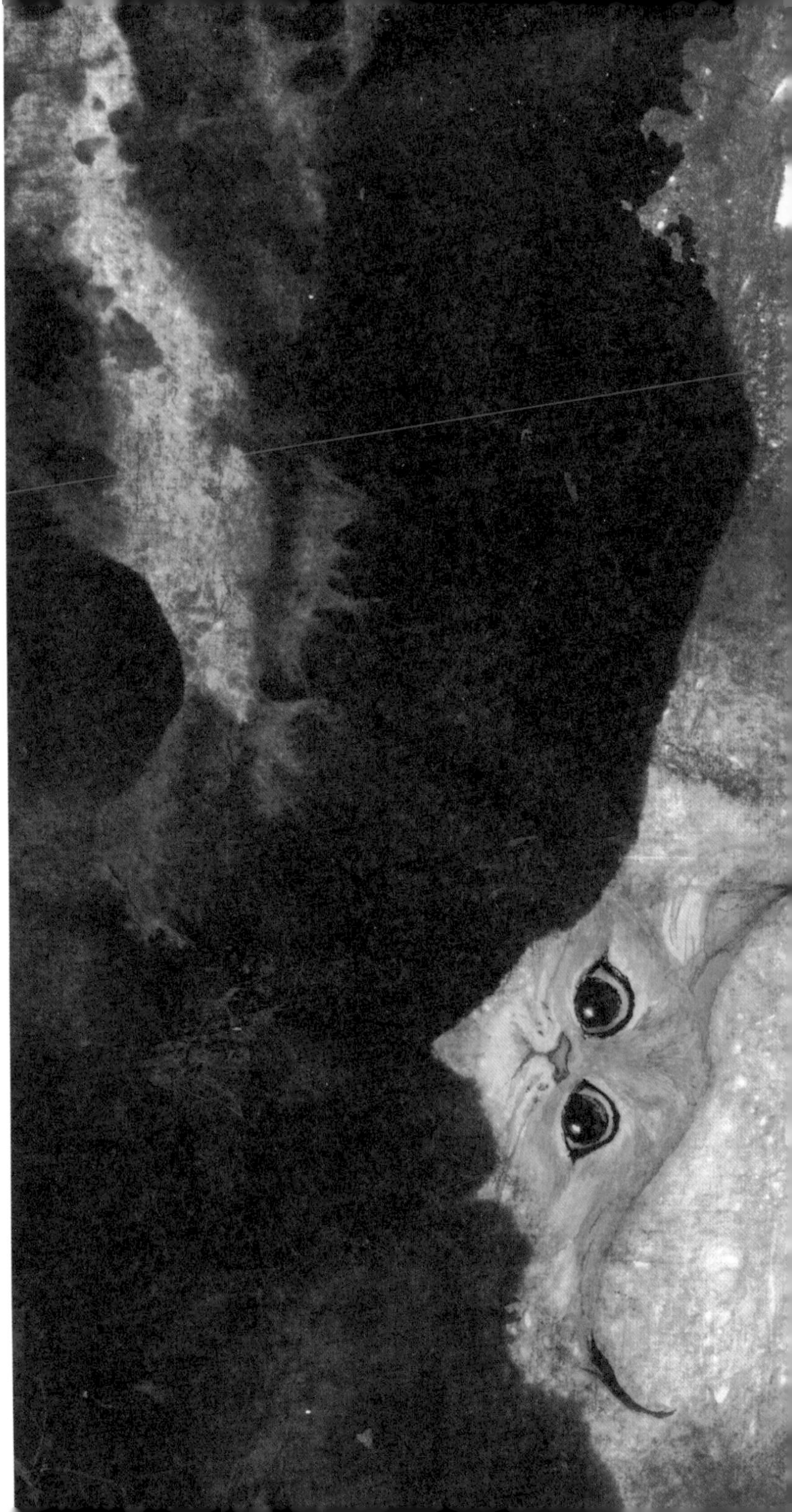

FUN系列056

貓劍客

卷七

作　者—葉羽桐
編劇協力—東心王
主　編—陳信宏
責任編輯—王瓊苹
責任企畫—曾俊凱
內頁排版—彭子安
完稿美編—執筆者企業社
編輯顧問—李采洪
發行人—趙政岷
出版者—時報文化出版企業股份有限公司
一〇八〇三　臺北市和平西路三段二四〇號三樓
發行專線—（〇二）二三〇六六八四二
讀者服務專線—〇八〇〇二三一七〇五・（〇二）二三〇四七一〇三
讀者服務傳真—（〇二）二三〇四六八五八
郵　撥—一九三四四七二四　時報文化出版公司
信　箱—臺北郵政七九～九九信箱
時報悅讀網—http://www.readingtimes.com.tw
電子郵件信箱—newlife@readingtimes.com.tw
時報出版愛讀者粉絲團—http://www.facebook.com/readingtimes.2
法律顧問—理律法律事務所　陳長文律師、李念祖律師
印　刷—詠豐印刷有限公司
初版一刷—二〇一九年五月十日
定　價—新台幣三七〇元

時報文化出版公司成立於一九七五年，
並於一九九九年股票上櫃公開發行，於二〇〇八年脫離中時集團非屬旺中，
以「尊重智慧與創意的文化事業」為信念。

貓劍客 7 / 葉羽桐著. -- 初版. -- 臺北市 : 時報文化,
2019.05　冊;　公分 (Fun 系列 ; 56-)
ISBN 978-957-13-7794-0 (卷 7 : 平裝)

857.7

108005752

《貓劍客》（葉羽桐/著）之內容同步刊載於
LINE WEBTOON線上。
（http://www.webtoons.com/）@葉羽桐

ISBN 978-957-13-7794-0
Printed in Taiwan